怪谈录音带

怪談のテープ起こし

[日]三津田信三 著
陈凤川 译

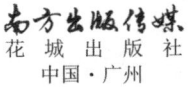

南方出版传媒
花城出版社
中国·广州

图书在版编目（ＣＩＰ）数据

怪谈录音带／（日）三津田信三著；陈凤川译．－－广州：花城出版社，2018.12
 ISBN 978-7-5360-8786-6

Ⅰ．①怪… Ⅱ．①三… ②陈… Ⅲ．①短篇小说－小说集－日本－现代 Ⅳ．①I313.45

中国版本图书馆CIP数据核字(2018)第283079号

合同版权登记号：图字 19－2018－066

KAIDANNO TAPEOKOSHI by Shinzo Mitsuda
Copyright © 2016 Shinzo Mitsuda
All rights reserved.
First published in Japan in 2016 by SHUEISHA Inc., Tokyo.

Chinese simplified characters edition published by arrangement with Shueisha Inc., Tokyo
through Japan UNI Agency Inc., Tokyo

出 版 人：詹秀敏
责任编辑：陈宾杰　王铮锴
技术编辑：薛伟民　凌春梅
封面设计：荆棘设计

书　　名	怪谈录音带 GUAI TAN LU YIN DAI	
出版发行	花城出版社 （广州市环市东路水荫路11号）	
经　　销	全国新华书店	
印　　刷	佛山市浩文彩色印刷有限公司 （广东省佛山市南海区狮山科技园A区）	
开　　本	880 毫米×1230 毫米　32 开	
印　　张	8.5　1 插页	
字　　数	163,000 字	
版　　次	2018 年 12 月第 1 版　2018 年 12 月第 1 次印刷	
定　　价	48.00 元	

如发现印装质量问题，请直接与印刷厂联系调换。
购书热线：020-37604658　37602954
花城出版社网址：http://www.fcph.com.cn

目录

001　序章

011　怪谈录音带

050　帮人看家的那一夜

088　幕间（一）

101　聚在一起的四个人

137　不要在逝者旁睡着

174　幕间（二）

183　黄雨女

216　擦肩而过的人

252　终章

268　作品首次刊登一览表

序章

　　本书《怪谈录音带》，汇总了《小说昴》（集英社）这本月刊杂志，从2013年3月到2016年1月，不定期连载的六篇怪异短篇。

　　通常汇编这类短篇集时，作者需要做的事情并不太多。基本上，也就是重新通读、修改一下每个短篇，斟酌斟酌单个作品的内容，讨论讨论排列顺序等。如果编辑提出要求，就再撰写一下序、跋。当然，这类短篇集有时也会收录一些其他作家和评论家的"解说"，但这就不属作者要操心的事情了。

　　按说这本短篇集，我应该也只是简单写个"序"，然后按照杂志原先发表的时间顺序，编排一下就好。但今年1月上旬，和《小说昴》的责任编辑时任美南海以及她的上司岩仓正伸碰头谈过各个短篇的编排顺序之后，我的工作无法再这样简简单单地完成了。顺便说一下，时任美南海、岩仓正伸，是两位编辑的化名。

我们三个人，是在横滨市内一个家庭餐厅包厢里碰头的。我坐在窗边，时任坐在我对面。从我这边看，岩仓坐在她的左边。我在《小说昴》中刊登的各个短篇，被单独抽了出来，印好了放在桌上。

时任好像已经事先想好方案，她语气坚决地说道："我认为，按照各个短篇在杂志上刊登时的顺序编排书稿，就很好。"

这里要解释一下，之所以探讨是否按照刊登时的顺序编排书稿，主要是考虑，各个作品收录成一本短篇集时，需要尽量避免相似的内容位置太近。当然，作者给同一本杂志撰写短篇时，肯定会尽量注意不出现这样的状况。但是，有时难免会出现疏漏，选择了相近的主题。尤其是那种间隔几个月、不定期刊行的短篇连载，因为不是按月发行，更容易出现这种状况。探讨各个短篇在书稿中的排列顺序，主要就是起这个作用。

"我也没发现什么特别不妥的地方，老师，您的意见是？"岩仓也同意维持原来的顺序。不过，他还是征求了一下我的意见。

"第五个短篇《黄雨女》和第六个短篇《擦肩而过的人》，写的都是灵异现象，这两篇会不会有些相似呢？"

第六个短篇发表后，我注意到它和第五个短篇有些相似。虽然是后知后觉，但我还是把我的担心和他们两个说了。想着只是说说，对方或许不太好理解，我就指出了它们各自的具体所在。

"啊,是那里啊。您说得对,的确有点像呢。"

岩仓即刻表态,同意我的看法。不过,时任却沉默不语。她的沉默,让我觉得费解。

之前碰过几次头,我已经觉察到,岩仓并没有认真读过我的作品。当然,我丝毫没有想要责怪他的意思。毕竟,编辑时任才是这项工作的具体负责人。岩仓担当的角色,只不过是商谈时的同行上司而已。整个过程中,只要时任能够把握作品的具体内容,由她和我确认那些连载过的短篇,如何汇编成书就可以了。而且,时任的的确确是位非常优秀的编辑。正因为如此,我觉得时任也应该会注意到《黄雨女》和《擦肩而过的人》两个短篇之间的相似度。但不知为何,同意我这个想法的,却是大概浏览过作品的岩仓。

时任的反应有点怪!

我暗暗观察时任,岩仓好像并未注意到他部下的这种奇怪反应。他接着说:"如果改变刊载时的顺序,您想调整这两篇中的哪一篇呢?还是说,把原先的顺序全部打乱重排?"

"不,没有必要把顺序全部打乱重排。其实,选择每个作品题材时,我都会考虑到,不要与前一部作品有相似之处。只不过,最后这两篇,我有点大意了。所以,只要移动其中的一篇,应该就可以解决排序问题了。"

"有道理。那我们移动……"岩仓说到这儿,似乎想起时任更熟悉六个短篇的具体内容,新的方案也需要听她的意见。于是,他转头问坐在身旁的时任:"你认为移到哪里比较合适呢?"

"不动的话,反而更好吧。"

时任的这个回答,让我们两个都很吃惊。

岩仓更是一时语塞。

"不动的话,更好?你说什么呢?老师和我都觉得,最后这两个短篇,它们的怪异情节有些雷同,你不这么认为吗?"岩仓的口吻有些诘问。

他终于察觉出,时任的态度和往日有所不同。

"这两个短篇,的确是有相同的地方,但也用不着因为这个,就特意去改变刊登时的顺序吧。"

"你怎么能这样说呢?"岩仓显然已是责备的口吻。

"抱歉,我插个嘴。"我打断了岩仓,转而问时任,"哪个短篇在前,哪个短篇在后,这个问题的确很重要。但是,就这次的书稿而言,单个短篇在书稿中的先后顺序,也许不那么重要。不过话说回来,这次只要改变其中一个作品的顺序,情节相似的问题也就解决了。所以,比起不调整,我们还是改下顺序比较好吧。这种调整,哪怕让读者的阅读体验只是稍稍好一点儿,我们都该做吧?还是说你觉得,比起调整顺序,还有其他事儿更加值得我们做呢?"

问时任的同时,我突然间冒出了一个想法,不过转念一想,又觉得不太可能。因此,听到时任提出的建议,那一瞬间,我竟然有些不敢相信自己的耳朵。

"我之所以主张不更换作品刊载时的顺序，是因为我在想，要不要把我体验过的那些惊悚事件穿插到各个短篇之间……"

"嗯……那些惊悚事件，是由你来操刀写作吗？"

"噢，不。我正在想，老师您要是能答应，由您来写，那就太好了。"

"可是……"

"我觉得，短篇之间，加入我体验过的那些悚人事件，比只是由您简单加个前言，然后汇总出版，要有趣得多。"

"可是，把那些事情写出来，真的好吗？"

"恰恰相反，不提那些事才不好吧？"时任半带调侃地说着，让我更是晕头转向。

"按说，在书中增加新的内容，这种要求，应该由老师您提出来。而我作为一名熟悉全书架构的编辑，要断然拒绝您的要求，这才是正确的套路，是不是？"

"啊，确实是……"被时任这么一说，我不由得苦笑起来。

"敢在自己做责任编辑的书中，加入自身经历，你真的是编辑们的楷模啊！"

"谢谢您的夸奖！"

"啊？什么情况？到底怎么回事？"岩仓完全不明就里。他先是不安地看了看时任，又带着求助的眼神望着我。

"其实呢……"我看了一眼时任，得到她的默许后，就简单地说起了事情的来龙去脉。

我记得，时任美南海是在2012年12月中旬联系我的。12月8日那天，我在立命馆大学做演讲，接着在京都住了一晚。看过手账里的年历记事本，确认回家后，要连着和讲谈社、角川书店的编辑谈书稿的事情。那之后，就是和时任碰头。我从京都回来后，时任即刻联系了我，这一点应该没错。

我住的小镇没有合适的咖啡馆，我们最初是在一家意大利餐厅碰头的。時任美南海戴着眼镜，娃娃脸，乍看好像是个无法交付重任的新员工。后来听说，她在《小说昴》的编辑部已经待了五年，稍稍有点惊讶，但同时也放下心了。令人欣慰的是，越和她聊天，这种安心感就越烈。她说她阅读恐怖小说，是不问古今东西的。而且，也读过我的作品，我就更加安心了。总之，她不冒充自己是个内行，让我对她产生了好感。

按说，编辑和作家约稿前，应该把这位作家的所有作品都过目一遍，但现在很少有这种编辑了。即便偶尔有，也可能是因为这个编辑原本就是作家的粉丝。好多编辑，时常都没有读过这个作家的全部作品，却装作一副读过全部作品的样子。当然，也可以把这看作是"成人间的交往方式"。编辑本人或许觉察不到，但作家一方早已看得清清楚楚。当然，如果编辑坦言"您的作品，我只看了一本书"，这么讲真话，也比较麻烦，因为再往下，都不知道怎么聊了。当然，那种让作家一本一本和编辑确认，"我这部作品，你读过了吗"，这也够累的。

在这一点上，时任的态度简洁明了。她告诉我，她对我的推理系列作品，不太擅长，但对我写的恐怖系列作品则很有把握。知道这些信息后，再往下聊也比较轻松。

"我想拜托老师的是……"

闲谈了一会儿后，时任提出了她想委托我写作的内容。

"我们出版社，想在《小说昴》这本杂志的2013年3月号，出版《早春恐怖小说特辑》。"

"早春的恐怖，这种修辞表现，看似清爽，其实不然。两个词语间，会莫名地产生一种张力。就主题而言，我觉得这期杂志的策划氛围，会偏于精神狂执，属于精神疾患的范畴。"我坦率地说出了自己的想法。

时任神情猛然一亮，说道：

"您的见解实在太敏锐了。其实，这个特辑的宣传语就是'开放的是樱花，还是你的疯狂？'"

这个时候，如果我说"果然如我所想"，会显得很帅。但我对自己能够猜中策划宗旨，也颇感意外，所以不由得给自己点了个赞："哦，是吧！"

"也就是说3月号特辑，主打异常心理这方面的内容？"

"不，也没说只能写这方面的内容。如果只是局限于精神疾患，那就只能写活人的偏执妄想了。这类作品当然很有必要，但我希望，内容还是尽可能丰富一些。"

按理说，娱乐性的小说杂志，做特辑时，内容理应尽可能地丰富。我对此非常能够理解。以往，人们很自然地把"密室"和"不在场证明"设为推理小说的主题。但近来，这种套路式的主题设定，已经很少见了。至于恐怖小说，就更不会使用"密室"和"不在场证明"这类主题设定了。以往让作家连载长篇，然后汇总成书，是杂志的一项主要功能。说起来，杂志已经很久不再担当这种功能了。很多小说类杂志，已经不再是单独的商品。这类媒介的特辑，也不太适合策划成主题先行的形式。

　　"虽然你这么说，但你们编辑和作家约稿时，某种程度上，还是会有意识地约些和心理异常相关的内容吧。"

　　"或许有的编辑是这样吧。只不过，我和每位作家约稿时，出发点都是一样的。"

　　"嗯，好的。我明白了。"

　　我决定接受时任的约稿，给《小说昴》写怪奇短篇。这是因为，时任了解我此前的写作风格。我之前发表过的非系列短篇小说，或多或少涉及的，都是由超常现象造成的恐怖事件，其中有些也可以算得上精神疾患类作品。但我过往的作品中，好像用"所有一切，皆缘于人类癫狂"加以结束的作品，一篇也没有过。毫无疑问，时任对此非常了解。也正是由于这个原因，她才和我约稿的吧。

　　为了不辜负时任的期待，我暗下决心，这次创作，我有必要进行新的探究，写些看似由心理异常引发的悬疑，但到了结尾，实则不然的故事。

在我暗自琢磨的时候，时任仿佛看穿了我的心思，她半是期待半是不安地向我询问道：

"听说老师创作的恐怖小说，很多都是以现实故事为基础的，真的是这样吗？"

"嗯，那类作品也有一些吧。"

虽然我的肯定回答很是暧昧，但时任的表情，还是为之一亮。

"所以一开场，您就会让作者'我'，作为一个故事人物出现在作品中。由'我'介绍故事缘起，而这些缘起又都和您的生活体验息息相关。这种随笔式的写作风格，您还会继续贯彻下去吧？"

"嗯，比起正文，有的读者好像更喜欢开篇处的这些闲聊。"

"啊，我懂！"

时任开心地笑着回答。然后，立刻郑重其事地拜托我：

"您写给我们杂志的短篇，也请您务必继续这种方向和结构。"

时任一边说，一边深深地低头鞠躬。看到她如此诚恳，我也答应她，一定会尽力而为。

下面的这个短篇，就是刊登在《小说昴》2013年3月号（发行日期是前一个月的中旬，以下同）的作品——《怪谈录音带》。

怪谈录音带

  下面这个提醒,可能稍显突兀,但我还是想郑重地警告大家:各位读者阅读这本小说的过程中,一旦出现了和编辑时任美南海相类似的体验时,请务必暂停一下,转换心情之后再回头阅读。

怪谈录音带

当作家之前，我是一名编辑。有一段时间，我顺着自己的兴趣爱好，策划过几本书。我之所以能够按照自己的兴致策划图书，是因为出版社的员工流动比较频繁，而我按照工龄，算得上是名编辑部的老员工了，相对而言，企划案容易通过一些。总之那段时间，我作为一介上班族，工作风格算是有点放肆。

例如，当时策划过13卷本系列图书——《游览世界神秘之地·全十三卷》。其中的每一卷，都是在世界范围内选取一个国家或是城市，用当地的神秘场所或是神秘素材，作为该书的历史、文化背景点缀。此外，每一卷本都要由13位作者共同执笔，章数设定都是13章，《日本怪奇幻想纪行》就是这一系列的日本篇。因为当时，出版商并没把这类丛书归为文艺类作品，所以我在小说领域之外，孜孜不倦地做了许多与神秘、恐怖相关的企划方案。

这里先和大家说明一下，我对mystery这个词，有些个人的使用偏好。通常我会把小说、电影层面的mystery，界定为推理类；把不可思议层面上的mystery，归为神秘类。

做成系列图书，主要是考虑经营销售。我是为了能够确保图书可以在书店货架上占有一席之地，才这样策划的。但因为每册都要多人共同执笔，运作起来也是吃了不少苦头。所以，后来我也想，要么改成单行本，要么变为少数作者共同撰写的形式。较之"国外""神秘"这类题材，我当时更想把焦点放到"日本""恐怖"这类图书上。出于这种考虑，我策划了《日式恐怖系列丛书》。和"系列图书"不同的是，"系列丛书"可以不受"游览""纪行"等题材方面的限制。而且，即便风格稍异，也可以汇总出版。

策划"丛书"时，我的视野并没囿于《幽灵不动产指南》这种纪实类怪谈，也没限于《妖怪旅行日记》等日本妖怪纪行类的传统题材。策划之日起，我就把《巡礼玄幻秘汤温泉》——这类寻找悬疑温泉场所的周边图书纳进了"丛书"范畴。之所以会这样策划，是因为我担心丛书出版伊始，范围就局限在怪谈、妖怪这些人气主题，读者或早或晚会产生厌倦心理，"丛书"的后续出版，必然会陷入举步不前的停滞状态。其他因素暂且不提，我自己都觉得，只是一味地集中在怪谈、妖怪这些人气主题，肯定会产生审美疲劳。

我当时做"丛书"系列，绝不是为了迎合时尚，而是想着出版一些严肃认真的作品。最初，本想选些潜藏在文学、民俗学、建筑学、心理学、社会学这类领域中的"怪异事件",把它们作为周边图书的素材,但这个策划中途抱憾,没能推进到发行阶段。例如,有个主题是"想要在这里死去",我就是想用"记住你终有一死(Memento mori)"这一思想,来考察日本国内的著名自杀地点,还从各领域专家中,选出了候补执笔者,并和当中的几个人面谈过。不过,还是因为内容太过艰深,进展状况一直不够理想。

在这个节骨眼上,非虚构作家岛村菜津,给我介绍了一位叫作吉柳吉彦的撰稿人。岛村是我做视觉月刊杂志《GEO》编辑时认识的,也是13卷本系列图书的撰稿人之一。她写的那本是《意大利的魔力》,属于神秘、不可思议层面上的悬疑类纪行文。现在很多介绍,都把岛村定位为意大利慢食(Slow food)文化在日本的推广者。但对我而言,她更是《佛罗伦萨连环杀人案》《和驱魔师的对话》这类图书的作者,我更为熟悉她的这一侧面。

一次,我和岛村在涩谷西武线一家红茶馆里,聊完了书稿事宜。之后的闲谈,我和她说起,我策划的"想要在这里死去",书稿进展得比较迟缓。这时岛村说,她之前听过类似的企划,并提到撰稿人吉柳吉彦的名字。

岛村介绍,吉柳原来是一位编辑,比我大五岁。他的一些出书策划,在当时看来,风格有些怪异。毕竟只是出版社的一名编辑,还是会受到方方面面的束缚,后来索性辞职做了一名自由撰稿人。吉柳策划的详细内容,虽然我不太清楚，但还是对他产生了一定的兴趣，和岛村要了他的联系地址。

为了慎重起见，我找了一些吉柳吉彦写的杂志记事和书籍文章。读起来，还真的很有意思，难怪岛村菜津会推荐他。吉柳不是普通的撰稿人，他的工作更接近于现场采访记者的性质，这更加激发了我的兴致。我非常想和他见上一面，听听他会聊些什么。于是我即刻行动，给吉柳吉彦写了一封信，并同时寄送了几本《日式恐怖系列丛书》。随后，我又打了电话，和他约定了具体的见面时间。

我和吉柳吉彦，是在神保町一家咖啡厅见面的。当时，正值潮湿的梅雨季节。傍晚时分，天气闷热无比。吉柳比约定的时间晚了近30分钟才到。说实在的，我对他的第一印象并不太好。他留了个平头，目光犀利，眼睛很小，圆鼻头，厚嘴唇，面色苍白，身躯胖得让人感觉不太健康。他上身套了一件骷髅图案的黑T恤，下身穿了条双膝漏洞的牛仔裤。虽然我没兴趣评论一个人的容貌和衣衫打扮，但吉柳的装扮，一言蔽之，就是一副天不怕地不怕的样子。他的这副样子，好像和社交能力差又是紧密关联的。寒暄完了初次见面的基本问候语，寻找新的聊天话题，就成了我的任务。吉柳大多时候，只是默不作声地听着，偶尔好像是想起礼节了，才会附和我一两句。我非常吃惊，纳闷这种性格是如何胜任编辑这份工作的呢？

我们就这样不痛不痒地讲了些寒暄话。再这么下去，我将毫无斩获，想到这儿，我决定直截了当地切入主题：

"吉柳先生，您最近主要在写哪方面的稿子呢？"

吉柳紧闭的嘴巴终于打开了。他的回答，印证了我的事先调查。让我清楚地确认了，除了给杂志、书籍撰稿，他的工作还涉及许多其他范围。这让我多少有些心安。即便他的回答中，多多少少有些推销自己的成分，但过去的业绩，还是能够证明，他是位能力非凡的撰稿人。

聊完吉柳的工作内容后，他颇为唐突地反问我：

"我听岛村说，您正在写小说？"

"啊，是的。但也就是个人爱好程度而已。"

"不过，有作品发表了吧？"

"发表是发表了，但连个业余作家都算不上吧。"

我当时只是在鲇川哲也主编的《真正推理③》（光文社文库），发表过一部短篇。如果仅凭这部短篇，就说自己是名业余作家，未免太过狂妄。而且这部短篇，也只是基于兴趣写的。自己今后是否有意愿当个作家，以及是否能成为一名作家，这类事情，我当时压根儿就没想过。

不过，吉柳好像误以为我有当作家的梦想。他一改刚刚寡言少语的状态，打开话匣子聊了起来：

"我们假设，你能成为一名作家，那么你首先要做的，可能就是辞去工作。说句你不想听的话，工薪一族，意味着每个月都会有银行进账。等你成了自由撰稿人，就能切身体会到，每个月都有进账，是件多么难能可贵的事了。"

"吉柳先生，您起初的状态是？"

"是啊。幸好当时我有存款，又是单身，没有必要养活老婆孩子。所以，才能铁下心来。但光凭决心还是不够的，除非你是某一特定领域的职业撰稿人。否则，没有广泛的知识和人脉，起步阶段，单凭自由撰稿人的收入，根本无法谋生。"

"您的作品，是涉及很多领域呢。"

"所以，我才敢辞去工作。其实，有些企划案，不管我多么感兴趣，但出版社里，各个部门意见不一，还是有无法通过的情形。当然，还有些领域，原本就不属于我们出版社的出版范畴，那就更加无能为力了。"

吉柳说了一阵原单位的坏话，又聊起了当一名自由撰稿人的种种不易。

"不过，自由撰稿人向出版商兜售单行本的企划方案，却是相当困难的。即便有的出版商，对你的企划案感兴趣，他也会说，哦，那我委托某某知名作家代为执笔吧。我也理解，因为由知名作家来写才更畅销啊。刚刚成为自由撰稿人的那个阶段，如果能有出版商接受我的单行本企划方案，并愿意找个知名作家代为完成这个企划，我就相当满足了。可是，后来我想清楚了。如果自己的企划案，不能由自己来完稿，那么辞了原来的工作来做自由撰稿人，还有什么意义呢？于是，我决定要突破单纯做企划这个阶段……"

作家吉柳滔滔不绝地聊起了他对工作的种种想法，我边听边附和着。

"您分析得非常对。不知是否方便,请您讲讲,您对我信里提到的那个策划案,有什么看法吗?"

聊到这里,就算是我也明白了,要是聊起和自身相关的事情,吉柳就开启了话匣子模式。就此意义来看,较之编辑,吉柳可能更适合当个作家。当然,对我而言,这是梦寐以求的好事。这类人,一定会热情洋溢地回应我的策划方案。

于是,我简单地说明了一下"想要在这里死去"的策划思路,并暗示说,我的策划和吉柳的有类似之处。果不其然,吉柳顺势就聊开了。但他听我说,我的策划案和他的类似,好像颇感不爽。他强烈地反驳道:

"你的策划,很是抽象。而我的,根本不是那样的。你的那种从哲学角度考察人类的死亡,这类书一抓一大把。"他又补充了一句,"不过,把考察对象限定在某个知名的自杀地点,我对这点还比较感兴趣。"

后面这句话,应该是他的真实感觉,应该不是羞臊我后,再来安慰我的客套话。虽然我知道,吉柳吉彦这个人,很难轻易去表扬其他人的策划方案,但我内心的情感,还是颇为复杂。

"吉柳先生,您能不能具体谈谈您的策划方案呢?"

我调整好心情,继续发问。

吉柳话中带话,有些卖关子似的回答:

"我现在做的，是和投水自杀相关的一些采访。"

"您采访编写时，是以特定的场所和人物作为焦点吗？"

"不，会有一些更为总体性的内容。"

"您能举个具体的例子吗？"

"具体的例子，也不是没有。我采编的，其中也有些，好像正是你喜欢的怪谈类故事呢。不过，对我来说，这一级别，口味还不够重。我想写更直接、更重口味的。"

"更直接的？"

我发誓，自己一定不告诉其他人，吉柳才决定继续说下去。

"我说得更为直接，就是把一些寻死者，临死前录的一些话，汇总成书。"

吉柳的解释，让我有点不得要领。我迟疑片刻，还是决定问他：

"您的意思是？"

"就是说，偶尔会有人，临自杀前，给家人、亲友留些录音信息。我的想法就是，把这些录音资料搜集起来，听听他们说些什么，然后汇总成书。"

"是……唤醒死者灌录的磁带吗？"

"咦，这个说法好！"

吉柳的脸上第一次露出了笑容。

"不过，本来是临死前录的，如果说成是'死者'，有种欺骗人的感觉。"

吉柳即刻指出不妥之处，这一点非常符合他的风格。不过，我对吉柳的策划案非常感兴趣，所以丝毫不在意他对言语的挑剔性。

"吉柳先生的手头，已经有几盘这类磁带了吧？"

看到吉柳确切地点头肯定，我亢奋起来。

"是磁带，不是MD这种迷你光盘，是吧？"

我和吉柳见面时，磁带已经无人使用了。我采访时，用的都是可录音的专业MD光盘。

"我手头的，全都是磁带。这些自杀者的平均年龄，应该在55岁上下。他们都还习惯使用磁带。我其实也都一样。对这群人来说，MD光盘这类物件，只是个新器材，他们对着MD光盘，或许都不懂得该如何录音。"

"是啊。磁带转动起来，就知道是在录音了。MD光盘做不到这一功能呢。"

"因为是自杀者的录音，所以他们也都知道，自己没有机会重新录制。这种情况下，选择可以用眼睛确认录音状态、平日用惯了的盒式录音机进行录音，比较合情合理吧？"

"嗯，确实如此。那么，您有多少盘这样的录音带呢？"

"这个嘛，我搜集这类磁带，也都将近10年了。不过，虽然攒了一定数量，但并不是每一盘都用得上。"

"是因为录音质量的问题吗?"

"不是因为录音质量,主要还是内容。"

"留给身后的双亲、妻子,又或是担忧孩子的父亲,这类信息即便是写进书里,也没什么意思吧。我想汇编的,不是这些似是而非的感动。"

"也就是说……"

"我的选择,要么是自杀者喃喃诉说他决意自杀的过程动机,要么是自杀者对自杀现场异常冷静的状况描写。我觉得,如何把这类阴森内容,如实地反映到文本中,并传递给读者,才是我策划的重点。难道你不这么认为吗?"

"……"

"如果没有这类负面的情感,即便是自杀者留下来的录音,我也不会采用。"

"……"

"想是这么想,不过这些磁带中,自杀者唠叨他对公司的怨恨,或是控诉某一特定人物对他造成的伤害,或是提及他对家人的憎恨,其实这类磁带的数量非常少。"

"……"

"能够轻易把这些话说出口的人,证明他们还留有一定的能量。能发牢骚的人,还不至于去自杀。想要从这个世界消失的人,大多是些精疲力竭的人。他们也会说些怨恨和艰辛,但他们叙说的重点,不是愤怒,而是死心。因为阴郁消沉,已经是他们的日常生活了。"

"那，那么有价值的磁带，您是从哪里搞到的呢？"

我总算能插上一句话了。磁带的内容，当然也很吸引我，但我更感兴趣的是磁带的来源。

吉柳的脸上，露出一丝诡异的笑容，说道：

"这个，我就不方便明说了。说起来，这些磁带，本来就是四处搜集过来的。每盘磁带，都有各自的故事，实在没办法用一两句话解释清楚。"

"把这些磁带的内容，写成文字，在杂志上刊登，他们的家人不会来告我们吧？出书发行，会遇到这个问题呢。"

因为磁带的提供者信息不清晰，我脑中最先想到的，就是这个问题。

"不会有人告的。"

吉柳毫不迟疑地回答道。

"您怎么敢断言，没人会告的呢？"

"因为这些磁带到我手上的时候，出于各种理由，相关的人已经放弃了他们对磁带的所有权。当然，大部分是用钱解决的。另外，有一部分，是没人想和这些磁带扯上瓜葛。再就是，死者录过磁带，这件事本身，都没人知道。"

"如果是这样的话，还是有点让人……"

"你不用担心。磁带中出现的一些固有名词，我都会把名字改掉的，或是其他符号。死者说的内容，我也会稍加修改。我会把稿子改到，即便是知情者读了，也不敢断言，我写的就是那件事。但我的改动，绝对不会牺牲原有录音传递出来的那种现场感。我是很擅长处理这些问题的。"

吉柳注意到,他说的这些,并没有消除我的顾虑,于是他又绷着脸说:

"如果有人到出版社提出索赔,所有一切,都由我来负责处理。"

听到吉柳的这些保证,我觉得应该没什么问题了,于是接着问:

"您的这个策划,之前和其他出版商提过吗?"

"有几家同意先在杂志上连载,然后再汇总出书。但不管哪家,都说题材太过阴郁,回答得暧暧昧昧。"

题材阴郁,应该不是回答暧昧的主要原因。比起吉柳的策划案,周刊杂志上刊登的一些内容,更为阴郁,更为悲惨,甚至都达到了让人厌烦的程度。出版商最为在意的,应该还是磁带的来源不清不楚的。虽然我也理解吉柳的心情,但他不想说清来源,总是让人觉得,事情有些蹊跷。单凭他信誓旦旦地说,请你相信我吉柳吉彦这个人,还是让出版社有点为难吧。

但在我这里,这些好像都不是问题。我已经开始了各种构想,思考着用哪种方式,才能最大限度地发挥出这个方案的特色所在。听录磁带,然后整理成文字?不管怎么说,只是这样处理,未免太过乏味。又或是,在其前后塞进几篇学者的分析性文章?但这种处理,也显得简单粗糙。其实,作为图书出版发行,这个方案能否成功,主要取决于全书的整体构成。

吉柳很快就觉察到了,我正在脑洞大开。

"只不过,我可不敢保证,它完全符合《日式恐怖系列丛书》的内容要求。"

吉柳突然又露出喜欢刁难人的一面,他端着架子说道:

"你们出版的那几本,我读过了。娱乐性都还蛮强。你是不是因此才想策划'想要在这里死去'?即便这样,这套丛书的社会性还是不够,还是文学味更浓一些。"

"这套丛书并没追求什么社会性……"

"我的这种策划,真的符合你那套丛书的主题吗?丛书中增加了这类内容,会不会把整套丛书都搞砸了?"

吉柳的说法虽然有些夸张,但这种担心完全在理。当然,我也看出,他这么说,并不是担忧《日式恐怖系列丛书》的发行前景。所以,我也就毫无顾忌地说道:

"请允许我拜读过,您听录磁带后整理的文字稿,然后再做出相应判断。"

"给不给你看我的文字稿,我还没决定呢。"

"您不给我读些文字样稿,这个方案我们没法推进啊。"

我鲜明地表达了自己的立场。吉柳听了这些,眯成一条缝的小眼睛更加犀利,态度傲慢,满不在乎地答道:

"好,那就让你看看吧。"

这样,我们又谈了一些具体事宜,然后,敲定了下面这些内容。

企划的题目，暂时定为《死人也有嘴巴》。

吉柳虽然搜集了很多磁带，但大多还没听过。另外，他还有其他一些工作要处理，所以，需要我给他两个月的时间，选取三盘内容不同的磁带，写出文字样稿。

文字样稿须包括自杀者的简单身世、自杀状况、磁带灌录的内容。

磁带中出现的固有名词，用化名或是其他字符加以替代。

磁带中，死者之外的其他声音，要用括号内文字的形式，适当地加以简单说明。

看过文字样稿后，我们再商谈、确定整体的构成。

上面这些约定，都是些推进方案进行的基本内容。不过话说回来，在当时那个节点上，也无法再做出更为详细的约定了。

让我为难的是，吉柳吉彦当时还想谈及初版的印刷数、定价、版税这类具体问题。我记得，当时日本出版界的惯例是，这类重要的话题，大多倾向放在后面谈。通常图书出版发行一两个月后，才告知作者，出版的册数和版税，这样的例子很多。吉柳原来也是做编辑工作的，他应该也清楚，现在这个阶段，谈这些问题基本是不太可能的。我记得，因为考虑到今后还要交往，如何回答吉柳的这些要求，我还是苦恼了一番。

之后，我每隔两周给吉柳发封沟通邮件。我担心太过频繁，反而适得其反。我的邮件，内容会尽量简洁，有时找到一些和自杀相关的新闻或是杂志报道，也会一并发给他。但不管我发什么样的邮件，他都没有回过。

吉柳的沟通方式，的确和我预想的一样。我正在苦恼着如何和他进行沟通时，8月，盂兰盆节前后，他突然通过邮局，给我寄来了文字样稿。我一直悬着的心，终于可以放下了。

信封里有封信，这封信只有一张纸，冷淡得连句寒暄问候话都没写。三份录音文字稿，竖着打印在横向排版的A4纸上。吉柳信中有句话意味深长："三份录音文字稿中，都有我最感兴趣的共同点，现寄送给你。"这句话，让人内心有些不清不楚，却成功地撩起了我的好奇心。下面介绍的，就是这三份录音的文字样稿。

自杀者A录音的文字样稿

自杀者的信息：男性，单身，关西出身，62岁。

A在关西一家电气设备公司上班，住公司宿舍，从事营业销售。退休后，签约做了合同职员，岗位是管理仓库商品。两年前，签订再雇佣合约时，工资被减到退休前的六分之一。而且，因为每周劳动时间少了，原先由公司负担的健康保险费，也变为自己全额负担。和工会商谈后获得帮助，劳动时间增加了，却被公司从员工宿舍赶了出去。之后在工作岗位，常被人暗地排挤使坏，久而久之累垮了身体，就不得不三天两头请假休息。这种恶性循环多次反复后，最终被公司炒了鱿鱼。身体有病，无法奢望再次就业，仅有一点维系生活的存款，没几个月就见了老底。

  关于磁带：A在自杀现场写了留言条，说是希望把这盘磁带交给公司宿舍的室友。警察按照A的愿望，把磁带转交给了他原来的室友（男，年龄在35~40岁之间）。只是他的这位同屋说，没觉得自己和A有多亲，他完全搞不懂A为什么要把磁带交给自己。同屋的表情，与其说是觉得被骚扰，不如说是一脸茫然、恐惧的模样。不过，我们至少可以从同屋那里了解到，A是个非常沉默寡言的老实人。

  以下是A在磁带上录的内容：

  ……唉，还是选了个商务酒店。真想去体验一下京都的旅馆啊，但我兜里也没剩几个钱了。

  做公司正式员工时，出差就住这样的宾馆。所以到了最后关头，就又自主不自主地进了商务酒店？……唉。

  （在室内来回走动的声音。）

  ……什么啊，冰箱里连罐啤酒也没有？早知道这样，在便利店买罐发泡酒来就好了。不行啊，我都是要死的人了，还只想着喝便宜的发泡酒，看来真是穷得掉底啊。

（关录音的声音。）

（重新开始录音。）

……嗯。澡也洗了，啤酒也喝了，差不多该走了吧？不过话说回来，我这唠唠叨叨地录着音，到底是准备给谁听啊？警察会听这个吗？寻死觅活的人，会像我这样特意录个音留下来吗？

……唉……没有吧。这样是不是不太好啊。呵呵……（几声心酸的干笑）。

想要上吊自杀，却找不到系绳子的地方。看来在商务酒店寻死，是个错误的选择。

咦，不对呀。政治家的秘书，不是常在酒店里上吊自杀的吗？我之前可是看过好几篇这类报道呢。

……哦，对了。秘书们自杀的地方都是高级宾馆，而这只是家便宜的商务酒店啊。有钱人和穷鬼，连自杀的时候都有阶层区别啊。

……唉，不过，我也是够蠢的了。这种地方，我都住过几十次了，事到临头，居然忘了这里有没有能上吊的地方。

唉，算了。我要不是这么蠢，怎么会混到这个地步呢？

唉，下一步，我该怎么办呢……

（关录音的声音。）

（重新开始录音。）

"您是第一次来——吗？"

"嗯。我想问问新馆这边有没有空房间？"

"哦,不好意思。不巧我们最近正在装修,虽然还有房间,但全都预约出去了。要不我安排您去旧馆那边——您看可以吗?您请。"

(磁带中传出的声音,好像是把茶杯放到桌上。)

"那么,我先告辞了。您有什么需要,请往前台打电话。您请慢慢休息。"

(衣服摩擦声、在榻榻米上走路的声音、轻轻推拉隔扇门的声音、开门关门的轻微声音。)

……唉,这是糊弄我呢。是看我这身打扮,才把我领到旧馆,不让我去住新馆的吧。而且,就算这间房,也是旧馆中不常用的房间吧。

(在室内来回走动的脚步声。)

果真是不常打扫的。我这真是被人看扁了。

……领我往这边走的时候,我就觉得会是个阴暗的房间。或许是锁了好久都没用了吧。应该只是把桌面,这些眼睛能看到的地方,马马虎虎地打扫了一下吧。

……嘎吱,嘎吱。

(开窗的声音。)

这窗框变形变得,也是够可以的了。

这背面是竹林和小河啊……不过,这景色不但没有增加幽雅情致,反倒多了一分阴森感啊。

嘿,我一个要自杀的人,还在这里挑肥拣瘦个啥呢。再说了,这住宿费,我都还没交呢。

这么一说，前台那个女的，还是挺有看人的眼光呢。应该算是服务行业的待客老手了。

但不管怎么说，她大概也没想到我是来自杀的吧。

（再次传来在室内来回走动的声音。）

哦，这里有啤酒呢。不过，不够冰。冰箱电源应该是刚刚插上的吧。再冰一会儿，我先去泡个澡吧。

（关录音的声音。）

（重新开始录音。）

泡个澡，真舒服。好久没这么慢悠悠地泡过澡了。

啤酒应该也冰好了吧？

（啤酒瓶和杯子碰在一起的声音，座椅吱吱嘎嘎的响声。）

……真安静啊。竹林簌簌作响，小河涓涓流动。耳边传来这些声音，夜里或许能好好睡个美觉呢。

（咕嘟咕嘟大口喝啤酒的声音持续了一阵。）

……要不要在这儿睡一觉呢？

（喝啤酒的声音。）

还是觉得这里的气氛有点怪。还是说，我太过神经质了？

（喝啤酒的声音。）

因为是老房间，才会有这样的感觉吧。首先我要记住，自己不是来这儿过夜的。

（起身去冰箱拿啤酒的声音。）

反正都要死，通常都想，临死前会遇到一些好事吧？实际也未必如此啊。

（喝啤酒的声音。）

……再也没有以前的那些精神头了。

（又是一段持续喝啤酒的声音。）

我是不是醉了呢？之前都是喝发泡酒，好久都没有这么畅快地喝啤酒了啊。还是空腹，身体吃不消了啊。

（喝啤酒的声音。）

隔窗上面那个窗楣还不错啊，至少可以把绳子从中间穿过去吧。

（喝啤酒的声音。）

没有可踩的东西呢……桌子的话，有点大……哦，这里有张梳妆台。小一点，看起来还挺好用的。哦，正好够用。

（又喝了口啤酒，然后起身在房间走动的声音。）

镜子上怎么雾蒙蒙的啊？如果我是名女客人，该到前台投诉去了。

（移动梳妆台，嘎吱嘎吱的声音。好像在做什么，可能是从书包取出绳子，登上梳妆台的声音。）

什么呀，隔窗也是坏的。不过这样也好，绳子好像更容易挂上去了。

（好像是往窗楣上搭绳子的声音。）

……嗯，这样就好了。

（从冰箱里拿啤酒，坐在座椅上的声音。）

怎么还有点累呢？都没干什么大活……

（咕咚咕咚喝啤酒的声音，持续了一阵。）

……唉……唉……

（不喝酒的时候，就是接连不断的叹气声。）

……这酒也不行啊。怎么我喝了这么多瓶，还是口渴呢？再来一瓶吧。

（起身去冰箱取啤酒的声音。）

唉……

（喝啤酒声和一声声长叹，持续了一阵。）

……好，该行动了吧。

（起身的动静。）

还真是呢。这事儿到临头了，还是会怕啊。

（声音有点哆嗦。）

哦，对了。

（吭哧吭哧写字的声音。估计是往房间备用的留言条上，写旧同事的名字，以及自杀者A自己为啥要留盘录音。）

这回全妥当了。

（喝啤酒的声音。）

干吧。

（从这里开始，声源有点远了。估计是录音机就那么放在桌子上。）

呼哧……呼哧……

（虽然远，但还是能听出是喘粗气的声音。）

怪谈录音带

还是怕啊……

……吁……吁……

（深呼吸的声音，之后突然安静下来。不知为何，小河潺潺流水的声音，听得格外清晰。）

……啊……

（好像把憋的气一下子吐出来了。）

开干！开干！开干吧！

（中间安静了一会儿。）

啊……

（梳妆台倒了的声音。）

啊……呜……

（挣扎的声音持续了几秒钟，背后小河潺潺流水的声音显得更大了。）

……啊……

（窗户吱吱嘎嘎的声音。）

……滴答，滴答，滴答……

（什么东西滴落到榻榻米上的声音。）

……

（潺潺流水的小河声也消失了，非常长非常长的静寂。）

吱……吱……吱……嘎嗒。

（最后能听到的，是窗户关上了的声音。然后，就剩下磁带空转的声响，走到最后，录音机也就自动关停了。）

自杀者B录音的文字样稿

自杀者的信息：男性，有妻子和孩子，是出身在中国地区①的第二代移民，57岁。

B在四国地区经营一家销售代理店。有三位员工，其中一位是女性，兼做总经理秘书、事务和经理。另外两位男性职员负责营业工作。主要业务是到一般家庭和一些专业机构，上门销售大型出版社策划、编辑的大型书籍（如百科词典、专业领域的大系列图书等）。后来这种上门直销越来越做不下去，而且强行销售的营业手法引起了一些纠纷，公司业绩急速恶化。出版商新品供应缓慢，更是加剧了公司的经营困难。B虽然尝试扩大经营项目，增加家用净水器等其他代售产品，不过，全都失败了。经营不善，债务不断增加，员工的工资也拖欠了许久。这些B都没和家人说，失踪时，完全处在债台高筑的状态。

关于磁带：在车内，发现了用塑料袋包着的录音机，警察好像就是根据里面的录音内容断定B是自杀的。警察把录音机和里面的磁带，以及其他一些遗留物品交给了B的妻子，不过被她丢掉了。听B的妻子说，因为B和秘书搞外遇，

---

① 中国地区：日本的地域名，位于日本本州岛西部。由鸟取、岛根、冈山、广岛、山口五个县组成。

所以她对这个老公没有任何留恋。

B在磁带上录的内容：

（不断能听到车空转的声音。）

……刚刚给妻子打了电话。拜托她照顾好康介（B的儿子的名字），她一定能把儿子培养成才的吧。

我不能拉着他们娘俩走啊。我得像个男人，必须得一个人负起这个责任啊。

（点烟的声音。）

今天真的是最后一天了。现在讨债的，应该一窝蜂地堵在办公室了吧。

（抽烟的动静。）

活该！我怎么能让你们逮着呢。你们借钱给我的时候，都是笑容满面的，我这刚说可能一下子还不上，你们催得这个凶啊，也太过分了，完全把我当成人渣了啊。

（好像在喝什么。大概是威士忌。）

这里眺望出去的景致不错啊！

（抽了口烟，喝了口威士忌。）

我这从来不求人，也不靠人的，好不容易有了点成就。有自己的公司，能够独当一面，也算是条汉子了。领着我的队伍，摸爬滚打过来，难道我还不是条真汉子吗？

（呷了一口威士忌。）

如果是条汉子……

（突然哼起小曲来，但有一多半听不清。）

我也算干得不错了。真的算是不错了！

康介，听着啊，你要成为一名热血男儿！不能心胸狭隘，光读书啊！

（呷了一口威士忌。）

男人，就要负起责任来。我现在就做给你们看！

……嗯？下雨了？

（沉默了一段时间。）

是心理作用吗？

怎么回事呢？我这么畅快地说了心里话，可又能怎么样呢？

（持续了一阵嘟嘟囔囔发牢骚的声音，但听不太清。）

……嗯，我说什么来着？对了，在说男人的责任。

（呷了一口威士忌。）

胆量！男人要有胆量啊！

（呷了一口威士忌。）

给你们看看我的斗志！别瞧扁了我！

（呷了一口威士忌。）

该出手的时候，我会出手的！

（呷了一口威士忌。）

……唉！

（喝光了威士忌。）

好！出发啦！

怪谈录音带

（加大引擎的声音。）

走喽！走喽！这回是真的走喽！

（引擎的声音更大，接着就是飞速前行的声音。）

呜哦哦哦哦哦！

（车子不断碾压到一些东西，声音很大。听车子跑的声音，感觉地面就是土路，什么都没有铺。）

……啊啊！

（这一瞬间，好像是车子从悬崖冲下来的声音。）

呜哇！什，什么情况？啊！不！不！停下！啊，不要！救命啊！呜哇！呜哇！呜哇！不要啊！不要啊！不要啊！不要啊！救命啊！啊——啊——啊——啊——啊——啊——啊——啊——啊——啊——啊——啊——啊！

（车子冲进海面，响声巨大。接下来持续的，都是车子下沉，海水咕咚咕咚大量倒入车内的声音。）

……

（还能听到一些B微弱的说话声，但反复听了几遍，也没能听清他说了什么。接下来一直到结束，磁带录了各种杂音，没什么特别有趣的。）

自杀者C录音的文字样稿

自杀者的信息：男性，单身，关东出身，44岁。

C长年在福利设施从事护理工作。单位的经营者换成年龄相仿的女性后，劳动条件和职场环境瞬间恶化。新社长经常随着性子骂人，哪怕是一点小错误，她也会当着入住者的面，劈头盖脸地训斥员工。这样，单位就不断出现辞工不做的。遇到这种情况，被要求出来善后，替别人擦屁股的，总是C。而且，还要C谎报一些实际没有的服务内容，请求增加费用，吃行政空饷。C拒绝了，但还是被逼着照做。这一违法行为曝光后，却要C一个人担当罪名。C虽然进行了抗议上访，但无人理会。愤怒不已的C，殴打了社长，听说警察要传唤他，C本能地从这家福利设施逃了出来。后来惧怕警方把吃空饷和打人的事，都归罪于他，C就藏匿起来，没再回去。

关于磁带：C失踪四年后，在青木原树海发现了他的遗体。青木原树海的地方警察和消防队，每年都会联合进行一次搜尸行动，C的遗体就是在那次行动中发现的。C的遗物只有一个手提包，在这个包里，发现了大量从那家福利设施带出来的安眠药，小型录音机放在他上衣胸前的口袋里。这些物品后来转交给了他的父母。

C在磁带上录的内容：

……到树海了。这里也没什么让人吃惊的啊。我还以为这里会阴气十足呢。

下了公交车，在自动贩卖机买了瓶矿泉水。走几步，就可以进入树海森林了。

早就听说这里是自杀圣地，还想着会不会用栅栏围起来呢。

听说这里戒备森严，我还想着，自己这身脏兮兮的装束，往树海森林里走，会不会被当地人给拦下了呢。

（中间空了一阵。）

我过去读过松本清张《波之塔》这本小说，之所以选择到这里自杀，就是因为这本小说突然浮现在我的脑海里。另外，我好像还在哪里看过，说是这里曾发现一具白骨尸体，白骨下面压着的就是这本书。那个人大概和我一样，也是受《波之塔》的影响，才来这里自杀的吧。

（一声长长的叹息声。）

真的很意外，看起来也就是很普通的森林啊。清清爽爽的绿色，这种神清气爽的感觉，真的久违了。我一直相信，这里是个凶气十足的地方，说实在的，有点让我失望了。

这里和其他森林不同的，就是地面覆盖的不是土，而是坚硬的熔岩。另外，就是一些大树的树根，这儿一下、那儿一下的，好多都露出了地面。

比起这些，更让人惊讶的是，这里还有条散步的小路。

在树海这个地方，能有散步小路，我真是没想到。

这类设施，是为了方便游客行走的吧。我原来还以为树海会封闭起来，不让人接近呢。我的这种想法，看来也是大错特错了。

稍稍往里走一下，就会迷失方向。再走一走，就有可能出不来了……我对树海的印象就是这样子的。但其实，只要不偏离那条散步小路，是不会迷路的。

……所以，我离开这条散步的小路，现在正大踏步地，开始走向森林深处。

（能听到大步快速前行的声音。）

路确实是很难走。如果被树根子绊倒了，或是被坚硬的熔岩砸到脑袋，可是够受的。

（沉默了一会儿。）

我来这里是找死的，怎么还担心受伤这类事儿，也是有点儿怪。

……不过，人都是厌恶疼痛的吧。

所以，我决定吃安眠药。只不过，如果发现得早，可能还会被救回来。所以，我得找个谁也不会发现的地方。这是我选择来树海的主要原因。

来到这里，肯定能死成的吧。说不定，可能永远都没人发现呢。那样的话，我能不能被当作失踪人员处理呢？啊，不，我不早就是失踪人员了吗？

对父母而言，那样或许好受些。

（又沉默了一会儿。从这里开始，喘息声稍稍大了起来。）

……啊，这里有个洞穴。不对啊，这是不是人们常说的那种风穴呢？

……咦？怎么这里还有个小庙？

也就是说，还是会有人走到这里来的。

不行，不行。我还得往里面再走走！

（一直是走路的动静，持续了相当长的一段时间。）

不知不觉地，周围的样子都变了啊。

这里的树……长得可够茂密的了。感觉都是墨绿色了。

……总觉得阴森森的。

（沉默了一阵子。粗重的喘气声。）

走到这里了，应该已经差不多了吧……咦，那是什么？

（脚步声加快。）

这里还有个糖果盒。

……哦，这么深的地方，还有游客进来啊。或许是和我一样，寻找自杀地点的人，丢在这里的吧。

（一个劲儿走路的声音。）

……咦？

（突然停下脚步的样子。）

那是……

（几秒钟的沉默。）

莫不是……

（走路的声音。）

哇！

（脚步声加快。）

……看到了一个上吊的。应该是上吊的吧。

（气息粗重。）

但是，那脖子的样子……

最初，根本看不出来是个人。好吓人。脖子会那样……太恐怖了……真是吓死了……

唉……

（深深的叹息。）

看来没选择上吊自杀，这个决定是对的。否则，我死去的模样，会和他一样不堪入目吧，会让人一眼都不想看的吧。

我得留意一下，附近还有没有上吊死的。哦，不仅是上吊死的。我应该确认好了，附近是否有自杀者的死尸，然后再决定自己死在哪儿。

我也不是讨厌这些自杀死掉的人，但一想到附近有尸体，心里还是不舒服。

（一言不发地持续走了一段时间。）

这回够深的了吧。

（停下脚步的感觉。）

这周边的氛围，也是变了好多啊。终于有树海的风格了。

这里才够得上阴森森的气氛。

（感觉C好像在环顾四周。）

这附近，应该能有个好地方吧。

啊，起雾了。趁着雾不大的时候，我能找好自己最后的这块地吧。不过雾大的话，就哪儿都一样了。

话虽如此——哇！

（好像身子都凝住不动的样子。）

……吓，吓死我啦！

（粗重的喘息声。）

啊，不，不可能，怎么会有这种事？

（几秒钟的沉默。）

您是一个人吗？

（几秒钟的沉默。）

哦，我也是。有点想看看树海深处的风景……

（好像是和谁聊了一会儿天。但只能听见C的声音。）

那，我就告辞了。

（C开始快步前行。沉默了一会儿，好像有数次回头的动静。）

真没想到，在这个地方还能遇到人。

而且，是那么漂亮的女孩子。

能有二十三四岁？不，应该再稍大一点儿。

……那个女孩不会是和我一样吧？也是为了到这里自杀来的？又年轻，又漂亮，今后的人生还长着呢。

不过，别人的事，你又怎么能搞清楚呢？我还不是，岁数大的人看我，应该也会觉得我年纪轻轻，人生才刚开始吧。

总之，死到临头，还能和位美女聊天，也算是幸运了。

（一声不吭地又走了一段时间。）

雾越来越大了啊。不知不觉地，衣服全都打湿了。

这样的话，和那个人也应该隔开一段距离了。请保佑她平安返回。唉，我这也是瞎操心，但真的是期望，那个女孩子能够平安无事地回到家。

好啦！

（深深吐了一口气。）

我也该定下地点了。

理想的状态是，有块可以平躺着下来的空地，周围树木、草丛茂密，可以挡住视线……不过，能找到这样的地方吗？

现在这雾还挺麻烦的。这么大的雾，几米远就看不清了。即便找到了理想的地方，弄不好旁边两三米就是那条散步小路，希望不会这样。

（停下来，打开包，喝矿泉水的声音。）

……啊，这嗓子也是够干的。这瓶水，本来是为了吃安眠药才买的，差不多一口气喝光了。要知道这样，多买一瓶放着就好了。

（开始慢慢往前走。）

这附近不错啊。

是块比较开阔的平地。虽说想要方方面面都可心，但也没办法啊。咦？

（停下来，几秒钟的沉默。）

怎么回事？她比我还先到这里啦。不，这不可能吧。

（几秒钟的沉默。）

……刚，刚才打扰您了。

（几秒钟的沉默。）

是吗？

（几秒钟的沉默。）

哦，哦，是吧。

（好像在和谁说话。但不论怎么认真听，也只是能听到C的声音。）

……啊，没关系，我不介意。

（几秒钟的沉默。）

那边……是吗？

（开始走。）

（从这时开始，突然杂音很大。时不时传来C的说话声，但无法全部听清楚。）

……这里……

……一个人……

干什么……

……你也是……

（虽然能听出来，C不是一个人说话，但就是听不清楚内容。）

……啊，不……

……挺轻松的……

……啊，不……

……回来！……

……啊，别做……不……

……

我是无路可回啊。

（勉强能听到女生说的一句话，还有大段空白着没录的，磁带突然就切断了。）

追记

C的遗体，和前面说的一样，是四年之后才被发现的。但死的方式，未能如其所愿。C不是死于过度服用安眠药，而是由于心脏病突发死掉的。

我读了这些录音的文字样稿，马上就往吉柳吉彦的事务所兼住所打去电话。但铃声响了许久，也没人出来接电话。我接着又打了他的手机，听到的只是"您拨打的电话暂时无人接听"。看完稿子那天，我打了五次电话，都没能找到吉柳。

转过天的上午，我又接着打电话，还是没人接。那天下午，我决定按照他名片上的地址，拜访他在荻窪的事务所兼住所。

不过，吉柳不在。这是一栋多层住宅楼，吉柳房门前的邮箱里，塞了三天的报纸。也就是说，他把稿子寄给我的同时，也就出门了。

虽然想着，他大概是盂兰盆节回老家了，但还是有种不祥的预感。我读那些录音文字样稿时，想起了以前在周刊杂志上看过的一则新闻。

那是一则关于自杀实况录音带的新闻纪实。说的是一个男的，苦于欠债太多，杀了老婆、孩子后，逃亡了几天。最后，在一家旅馆，留下一盘磁带，实录了自己上吊自杀的亡命过程。

磁带内容的冲击力也很大，但让我印象更深的是，编辑部的人说，有人听过磁带后，就疯掉了。记得我当时读到这则新闻纪实时，还在想，人听了这样的磁带后，会变疯，也很正常呢。

而吉柳这段时间，听了好几盘这类磁带。而且，他一定是一盘接一盘地听。然后，才从中选出了三盘。被他选中写成文字样稿的这三盘磁带，明显更为诡异。它们都不是单纯地实录自杀实况，里面的内容更加不可思议。

吉柳之前给我的暗示，究竟是什么呢？

我又给吉柳发了邮件，但同样也是没有回信。我每天都给他打电话，每次都是无人接听，就这样持续了一周左右。虽然我也很在意，但其间还有其他策划任务，忙起来，也就无暇把精力都放在吉柳那儿了。

又过了一段时间，再打电话过去，才发现这个电话号码已经停用一个半月了。

我联系岛村菜津，她也说好久没有见到吉柳了，也没听说他搬家了，也不知道他老家在哪里。岛村说，会再帮我问问一些和吉柳有过交往的编辑，不过她特意告诉我，不要抱太大的希望。

之后，又过去了一个半月左右，我收到一封寄到编辑部的信。没有寄信人的名字，信封上的邮戳，或许是被淋湿了的缘故，也是模模糊糊看不清。

我拆开信一看，只有一盘盒式录音带，其他什么都没有。只有一盘录音带，还特意贴了封条。

吉柳吉彦。

我脑子里，马上浮现出吉柳吉彦的名字。所以，我有点不想听这盘磁带，想着就这么给退回去。但好奇心涌上心头，想着要不就听一小段吧。脑子里还嘟囔着借口，告诉自己，只要不听到最后，就没事吧……

犹豫再三，我还是从柜子里拿出几年前就不用了的盒式录音机，把磁带放进卡盒，插上耳机，按下播放键：

……我来到一个废墟。这里是什么地方？接着往下听，你就会明白了。

（听声音，好像是在一间水泥地面的房间内移动。）

现在，我在一座建筑物的里面。这间屋子已经废弃不用了，但玻璃窗还挺结实的。这也证明了，这个地方还没什么人知道。

夕晒透过玻璃窗照了进来，房间闷热。但不知道为什么，我感到阵阵寒意。

我为什么会来到这么不吉利、不方便的地方呢？其中的原因，你懂得吧？想必是因为——

听到这儿，我急忙关了录音机。我觉察出，吉柳说的"你"，毫无疑问，指的就是我。不过，让我即刻关掉录音机的，不仅是因为这个原因。

我刚放磁带，一开头就听到一些奇怪的声响。吉柳说话时，他背后的杂音也很乱。等我明白了那不是雨声，而是一群唧唧喳喳的说话声时，也正是吉柳说"你懂得吧"的时候。所以，我才慌慌张张地按下了停止键。

我取出磁带，放回信封，把它原样放回资料柜最里边了。

我努力忘记这盘磁带的存在。这种努力好像很奏效，后来我还真的把这盘磁带的事儿，从我脑中抹去了。再次想起来，已经是年终大扫除的时候了。

清理资料柜，准备扔掉不用的物品资料时，我注意到有层文件好像湿掉了。按说资料柜根本没有潮气,文件怎么会湿掉呢?我感到纳闷,就把所有的资料都拿出来了。这时,丢到最里面的,那个潮湿变色的信封跑了出来,那一瞬间,我又想起吉柳来。

我战战兢兢地往信封里瞄了一眼,生了霉的磁带还在那里。

我马上出去买了些粗盐,把磁带的每个角落都撒了个遍。然后把它放回信封,用报纸包好,放进塑料口袋里,在外面又套了一个信封,用胶带封好后,丢进了垃圾桶。

此后,方便时,我也会向其他编辑同行打听一下吉柳吉彦这个人,但到目前为止,好像没有哪个人知道他的消息。

帮人看家的那一夜

帮人临时照看家。

最近有这种体验的人，或许已经不多了。现在的人际关系，要比以前淡了许多，人们已经很难张口，求熟人帮忙临时照看一下家了。当然，门、窗、锁匙都比以前坚固，个人家庭也可以简单地引进安全门禁系统，这方面因素也起了很大作用。帮人临时照看家，这种情况在日本，应该是早就不存在了。

欧美的情况，和日本原本就不同。欧美有聘用临时保姆的传统。临时保姆不但可以帮忙照看婴儿，甚至连幼儿、小学生，也在他们的服务范围之内。遇到双亲有事外出，深夜才能回家时，欧美人通常会选择临时雇用一个高中生或者是大学生，帮他们照管一下孩子。

对有事外出的父母来说，花些佣金就可以解决困难，也挺省事。对受雇的高中生或大学生来说，则是一次很好的打工机会。虽说替人照看孩子有点麻烦，但孩子越小，就寝时间就越早,只要把小孩子哄睡着了,剩余时间就都归自己了,如果能遇到省心的孩子,这份工就更轻松了。

所以,有些人做这份工作时,会早早把孩子哄睡了,然后偷偷摸摸把女朋友或男朋友喊到雇主家。他们可能认为,这么做虽然不符合规矩,但只要不被雇主发现,做了也没多大事。有这种错误观念的人,还真是不分国籍。当然这么做,一旦被发现,轻则可能被雇主赶出去,重则连工钱都拿不到。他们也明白,不管怎么说,一旦雇主给了差评,今后就再也无缘做这份工作了。但清楚利弊所在,依旧照做不误的人,还是大把存在,毕竟打工者都只是十几岁的孩子吧。

有些恐怖电影,就是充分利用了这类背景设定情节。电影的具体内容虽有些不同,但基本架构大体如下:

杀人恶魔或者是魑魅魍魉,这些恐怖威胁,正逼近主人公大学生和小孩子们所在的那所房子。主人公因为做了亏心事,心怀罪恶感,所以,即便发生了一些怪事,也不敢马上联系父母或是去报警。另外,他们即便听到了房子外面有可疑的声响,也会以为是偷偷摸摸过来约会的男、女朋友。也就是说,这些临时帮人看家的大学生,他们对于危险,必然存在着致命的感知滞后性。

不久,主人公终于察觉到了,威胁正在不断迫近。因为还要救在二楼睡觉的孩子们,所以,主人公不能即刻逃跑。必须守护比自己更加弱小的存在,这种设定,给主人公带戴上了无法即刻逃离的枷锁,从而加剧了影片的悬念。

约翰·卡朋特导演的《月光光心慌慌》(*Halloween*),就是这类影片的嚆矢之作。临时保姆加上万圣节舞台,是该片桥段设定的精彩所在。此种设定,既诞生出令人毛骨悚然的、戴着白口罩杀人的恶魔迈克尔,也激发出更多的模仿意愿。时至今日,这部影片的后续系列,重新翻拍的正编与续编,还是受到许多人的欢迎。

——我絮絮叨叨地写了这么多,但接下来要讲的,不是和临时保姆有关的故事。我要转述一位大学生的打工故事,这是个结合日本式替人看家和西方式临时保姆的临时工作,也是一个相当惊悚的故事。

十几年前,我还在公司上班。一天,和几位学弟、学妹一起喝酒。大家一边喝酒,一边聊着大学时代的各种打工体验。例如,有些工作辛苦但干得开心,有些工作收入高但要累成狗,有些工作可以顺带吃到美味等。大家聊得正嗨时,大学时和我在同一个文艺社团的社友,讲了一位女大学生的奇葩打工经历。

这位女大学生是我社友的学姐,名字叫作霜月麻衣子。当时,我用包里随身携带的MD机录下了社友的讲述。我还用笔记记录了一些内容,作为补充。回家后,我即刻整理了这两份资料。虽然,我竭力想为读者呈现出一个完整的样貌,但因为我没有亲自采访过霜月麻衣子,所以有些地方还是不甚明了。

帮人看家的那一夜

※

"有份工作,只是要住在别人家里,一点都不累,工薪还非常高。怎么样,你有没有兴趣呢?"

还有几天,就是5月的连休了。有一天,社团活动结束后,有位偶尔露下脸的已毕业社友,问霜月麻衣子有没有兴趣做这份工作。

一上大学,霜月麻衣子就加入了文艺社团。文艺社团的大多社友,都是推理小说、推理电影的拥趸,少数是科幻、冒险小说的喜好者。加入社团几周后,霜月就习惯了社团活动。在这里,既可以结交到趣味相投、喜欢读书的学长,也有年龄仿佛的同级生相互陪伴,霜月觉得自己大学生活的开篇可谓一帆风顺。所以,当一位长发飘飘、已毕业的美丽社友搭话,问她是否愿意打这样一份工作时,一贯瞻前顾后的霜月,竟然意外地即刻答复:"有哇,有兴趣做。"

"你可帮我大忙了。"

这位长发学姐,非常开心,默认霜月已经接受了这份工作。她很唐突地自报姓名:"我叫小田切,我们再具体谈谈工作的内容吧。"

霜月一头雾水,但还是接受了学姐的邀请,来到了学校食堂。小田切说了句"我请客",就爽快地买了两杯咖啡,和霜月在角落，找了个座位坐了下来。

霜月有些惶恐，不安地问道："您为什么会找到我呢？"

她觉得这样问一下，接下来，自己只要做听众，听对方解释就可以了。

"你瘦高瘦高的，站在那里，特别醒目啊！"

长手长脚，一直是霜月的一个自卑点，被小田切直言不讳地点了出来，她感到内心受到了些许伤害。但转念一想，如果因为这个，能够获得一份轻松舒服的打工工作，也还不错。

"当然，也是因为之前说好的一个人，突然有事做不了了，我才会返回母校找人手的。"

小田切说，自己回文艺社团时，正好看到有新的成员。她又发现，霜月的外形，好像非常符合雇主的要求，所以这才搭话询问的。

5月的小长假，霜月没有安排任何事。当初为了报考东京地区的大学，还和父母吵了一架，所以放假暂时还不想回老家。庆幸的是，父母现在还给她邮寄生活费用，这让她感到欣慰。不过，霜月非常担心，父母说不定哪一天就不想负担她的生活费用了。所以，能有这么好的一个打工机会，她当然是开心得不得了。但听到小田切说，她非常适合这份工作时，突然一股不安感袭了上来。

"您是说，我非常适合做这份工作？"

小田切看到霜月处于半戒备状态，就一边撩着长发，一边认真地解释道：

"工作轻松，这一点没错。但也不是说，谁都能干好的。反之，越是因为工作轻松，就越不能把它交给一个马马虎虎的人。一个人如果没有很好的责任感，压根不是老实本分的人，又怎么可能安心地把工作交给他呢？"

"您这么一说，我怎么觉得这份工作不太好做呢……"

看到霜月有点畏缩情绪，小田切即刻满脸堆笑，安抚道：

"工作不难，内容也很简单。只是在一户人家住上一个晚上，替外出的主人看家而已。"

"他们家有小孩子吗？"

霜月这个时候，脑中浮现出来的，大概就是影片《月光光心慌慌》中的某个场景。

"没有小孩子，但有一位老人家。不过，你不用担心，老人家完全可以自理。只不过，把老人家一个人留在家里，家里人还是有些不放心。所以，才想着要雇个人，在家里住上一晚。"

"您说的这家主人是……"

"哦，和我一样，他也是位毕了业的社友。我还是一年级新生的时候，这位学长就已经毕业了。也是其他毕业学长介绍我们认识的。"

小田切概括地介绍了一下这位毕业学长的情况。

据小田切说，这位学长，毕业时进入一家知名企业。几年后，认识了一位富豪的女儿，从那家企业离职后，他就去富豪家做了入赘女婿；之后，又进入了妻子家族经营的企业集团。但具体做什么工作，小田切说，她也不太清楚。

说到不知情，小田切接着说，她不知道的事情还有许多。例如，这位学长妻子的父母是否健在；妻子的家族企业，拥有宗教法人和学校法人资格，但实际经营状况如何，她也不了解。

她能确认的信息只有，学长夫妇住在横滨县啄器山的一座豪宅里，房子非常大，一起住的，是妻子的一位伯母。

"和你说个我的推想啊——"

小田切意味深长地补充道：

"这位伯母，是事实上的一家之长。或许家里所有的实业，都是由她在后面统筹安排的呢。"

霜月后来也没有搞清楚，小田切最后补充的这些解释，究竟想要说什么。但想到不用照顾老人，只要注意把门窗关好，睡觉前的其他时间，就可以自由地看看电视、读读书，工钱也挺高的，又可以住豪宅，所以她还是决定接下这份替人看家的临时工作。对霜月来说，围绕已毕业学长夫妇周边的种种蹊跷，不但不是负面信息，反而可以更好地诱发出她的好奇心。

"那边我会提前联系好的。你的话，当天下午5点，直接到他们住的地方就可以了。一定要注意，千万不要迟到了啊。"

小田切嘱咐完，就递给霜月一张纸，上面写着毕业学长夫妇的姓名"袴谷光史·雏子"，以及他们家的住址、电话号码，还简单地画了个地图，标志好了从最近车站，步行过去的路线图。

到了约定好的那一天，霜月把换洗衣物、洗漱用具、文库本图书装进包里，3点左右离开了公寓。

霜月印象中，横滨豪宅所在地，应该是在能看见港湾的山丘之上。但事实上，啄器山完全位于内陆，而且是个正在开发的新兴住宅区。这一带比较醒目的是，巨大的高层公寓楼和奢华的新建两层小楼，但很难看到商店。地铁也是几年前才通的，所以从最近的榻千彬车站，走过去要花30分钟左右。

他们那么有钱，怎么会选择住在这里呢？

霜月从榻千彬站走出来，拿着手绘地图，歪着脑袋想了一会儿。很快，她就想通了，是因为这里的环境实在是太好了。

这里原本是山林地带，所以绿化得非常好。相关开发，既保留了原始的自然美，又在关键地方配备了公园、凉亭、长椅等休闲设施，还用散步小路，把这些设施和大自然融为一体。散步小路还没有全部铺上，有些地方保留了土路，这又多了一分难以形容的妙处。原有的山野自然和精致的人工设施，巧妙地融为一体，正是这一地带的最大亮点。

新开发的住宅区，因为建筑物还很少，通常状况都是，一眼望去，满是无边无际的自然风景，处处弥漫着一股冷冰冰的萧索氛围。这里或许是因为山丘多，地形起起伏伏的原因，反倒让人有种恍若进入深山的感觉。不过，时不时出现的公园、凉亭、长椅，又会让这种错觉即刻消失。就环境而言，说这里是乡下也没错，但整个环境氛围，透着一股高雅情趣。在主干道上开车前往，或许能看到另外一番景色。但从散步小路走过去的感觉，就是这样的。

霜月仔细观察后，不由得感慨道，有钱人住的地方就是不一样啊！

榻千彬车站周边，并排挨着几栋楼，里面开着各式各样的商店。从啄器山开车过来的话，七八分钟肯定能到。

霜月苦笑起来，看来只有我这种去哪儿都靠徒步移动的人，才会觉得住在这里不方便吧。现在这个时间段，不管是乡下老家，还是东京普通的住宅区，大都开始陆陆续续地出现一些提着篮子，购买晚餐食材的家庭主妇。她们或是走路，或是骑着自行车。基本不会有开车的。

但在这里，情况则完全相反。散步小路上，根本没有人徒步或者是骑单车前往榻千彬站。不仅如此，霜月突然意识到，走到这里，她还没有碰上过迎面走过去的人。

想到这儿，她猛地回头，后面好像也没有走路的人。对呀，从榻千彬站出来后，在这条路上，走着去啄器山的，一直就是她一个人。

小孩子呢？

霜月想，怎么也没有正在玩耍的小孩子呢？但转念一想，少子化时代，孩子本来就少，更何况这里还是正在开发的新住宅区，更不能指望可以随时看见小孩子了。

这里真的是太过空旷了。

住宅街道和公寓楼的前面，就是野山和公园。自然景色、人工景观同时存在，绿化带宽阔起伏，人类居住的房子，只是零星地点缀其中。或许是因为这个原因，某些时间段，即便大白天，也看不见一个人影，真的是冷冷清清。

不，不是某个时间段，说不定这个地方，一整天都是这么冷清的呢。

父母如果觉得，小孩子遇到事情，即便大声求救，可能也找不到马上出手相救的大人。那么，他们会更加不同意孩子在外边玩耍吧。

一个陌生的地方，虽说风景宜人，却是几近自然状态的山野。只有自己一个人在独步前行……想着想着，霜月害怕起来，只觉得心里一阵发毛。

从这里望过去，新绿山丘对面，那栋豪奢高层公寓露出一角。另外，还能看到一座二层小楼的楼顶，隐隐约约地还能听到一些汽车驶过的声音，但不管怎么说，现在在这里步行的，就只有霜月一个人。

眼前这条散步小路，蜿蜒曲折，消失在树林深处。路前方到底有什么，根本无法看清，这让霜月内心更加不安了。今天从早晨开始，天就阴阴的。灰蒙蒙的一片天，让人的心情更加压抑沉重。突然起风了，更是凉飕飕的一阵寒意。

霜月不由得打了一个冷战，这时她突然觉得后面有人向她走来，她想都没想，即刻回头。

后面没有人。

土路向前蜿蜒着，丝毫感觉不到有人活动的气息。霜月觉得，只是回了一次头，整个人都要崩溃了。她总觉得，弯弯曲曲的道路上，会有什么东西猛然闯出来，一路狂追过来。

霜月一边瞄着后边，一边不知不觉地加快了脚步。现在，她脑中只有一个念头，就是快点脱离这个地方。

有点走出汗了，这时，霜月发现前边有个小公园，她不由得松了一口气。看到那里只有一位年轻的妈妈和两个幼儿，反倒感到有些寂寥。年轻妈妈看到霜月，眼神中也露出丝丝怯意。那神情，绝对不是气愤，而是恐惧。

霜月一阵小跑，离开小公园旁边的这段路。随后，即刻全速奔跑起来。她一边跑，一边留意身后的动静。现在，她根本没有勇气回头了。她非常担心，自己一旦回头，就会有什么东西追过来。霜月光是想想，就已经浑身发抖了。

霜月跑得上气不接下气，速度自然也就慢了下来。前方那个山丘上，郁郁葱葱的树林中，孤零零地露出个尖塔。按照小田切给的地图，那个地方毫无疑问，就是袴谷家的府邸。

霜月绕过山丘，一边走，一边抬头看，她觉得袴谷家，好像是一座宾馆。现在，她的兴趣已经完全移到眼前这座豪宅上了，刚刚种种莫名的恐怖，早已经烟消云散。

走到袴谷府邸正门的下方，霜月抬头仰望了一下颇具特色的拱形正门。霜月站的地方到拱形正门，既有汽车道，也有步行道和台阶。台阶路线最短，但因为一直是全力奔跑过来的，霜月觉得，上台阶对她的膝盖来说，都是一种负担。所以，她选择了坡度较缓的步行道，慢慢走了上去。

这座房子，越看越能觉察出它的独特品位。

就外观而言，这座房子应该可以容纳十几个人一起生活。但实际住在这里的，只有袴谷夫妇和他们的伯母。但好像也不能责怪其太过豪奢。

这属于哪种建筑模式呢？

霜月对建筑方面不在行，所以她也说不太清，只觉得这座建筑，融合了多个时代的几种样式。整体感觉属于西洋风格，但不知何处又散发出日式的和风味道，这种搭配好像有点不平衡。当然这不是说，这座府邸的外观不好看，换个角度评价，这正是它独具特色的魅力个性吧。但盯着看久了，怎么又开始觉得，眼前这座房子什么地方歪扭着，好像要瘫倒变形了呢。霜月一站到这座怪模怪样的大门前，就冲动地想要扭身返回原路。

要不就别按门铃了，原路返回去。

霜月起这个念头的那一瞬间，猛然抬起头。

袴谷府邸的尖塔，好像是个眺望台。尖塔旁边的三楼，仿佛是从二楼屋顶隆出来的。三楼窗帘处，有个人影，好像正在从三楼房间往下俯瞰霜月。

是伯母在看我？

霜月这么一想，就按了门铃，报上了姓名。

进门后，和正门相似的拱形门，一直延伸到玄关处。每穿过一处拱门，都会让人产生似曾相识感，霜月实在猜不透为何要设计成这样。一连串拱门的左右两边，是美丽的庭园。庭园里，怒放着很多春季品种的鲜花。但霜月的视线，一直还是朝向三楼那个人影处。不，应该说，她是想把视线移开，却做不到吧。

"欢迎，欢迎！"

在玄关迎接霜月的，是男主人光史。光史35岁左右，不胖不瘦，没有什么特别出众之处。这让霜月有点意外。当然，外表不能代表一个人，但与拿下富豪女儿的男人形象，光史好像完全不搭边。

"你是从榎千彬车站走过来的？"

光史一边带着霜月往走廊深处走，一边问道。听霜月回答"是的"，他凑近了一些，意味深长地问了句：

"那条散步小路，怎么样？"

顺便说一下，走廊处也有和正门相似的拱形门装饰。光史问的时候，他们正好穿过那个拱形门装饰。

"风景不错。"

霜月的回答，没什么可挑剔的。光史却又凑近一步，问：

"那条路的氛围，很凄凉，很落寞吧？"

"一个人走的话，的确有点害怕……"

光史这么一问，霜月不由得也说出了真心话。

光史的表情，好像在说，你看我猜得没错吧。他接着说：

"其实，去年秋天，那条散步小路附近的一个公园，曾发现过碎尸块。"

"什么?!"

这种对话展开，完全超出霜月的预想，她惊讶得无言应对。但光史并未理会，接着又聊起了更多的内情。

"说是碎尸块，但被切断的，其实只有两条胳膊。两条腿被伸开放平，两条断胳膊横放在尸体腹部。"

霜月脑子里浮现出被弃尸体的异样。

"发现尸体的前一个晚上，刮台风了。有人目击到，凄风冷雨中，有个形迹可疑的人，穿着雨斗篷，拽着个大行李箱，朝公园那边走。"

"那个人，是犯人吗？"

"应该是吧。胳膊或许只是因为装不进行李箱，才被切下来的吧。因为头还在，所以遇害者的身份已经弄清楚了，但犯人还没抓到。你在车站那里，没看到有块通缉告示牌吗？"

据光史说，警察在榀千彬站立了一块通缉告示牌，上面贴着根据目击证言，简单描绘出来的犯人画像，以及弃留在现场的行李箱，主要有哪些特征。

"又是台风，又是晚上的，目击者还是在车里看到的，所以，那个犯人画像，根本起不了什么大作用。"

在散步小路感受到的那股阴森气，是不是和公园里的弃尸案有关呢……霜月越想越后怕，慌里慌张地摇了摇头。

刚一见面，就聊这个话题，想必这位学长以前在大学社团里，一定也是负责讲恐怖故事的吧。

就在霜月鉴定学长的趣味爱好的时候，他们已经来到了会客室。光史在沙发上坐了下来，看样子，他好像还想接着谈碎尸案。这时，一位30岁左右的女性，推着个小餐车走了进来。小车上，放着一整套红茶用具。

"你好，我是光史的妻子，雏子。"

霜月急忙起身寒暄，她有些惊讶，心想雏子好漂亮，嫁给相貌平平的光史，真是有点可惜了。

不过第一印象过去后，当雏子在她面前弯下腰，霜月再次端量她时，总觉得这个漂亮的大美人，哪里不对劲儿。

没错，雏子姿容非常端正。头发、额头、眉毛、睫毛、眼睛、鼻梁、两颊、双耳、嘴唇、下颌、脖颈，任何一个地方都无可挑剔。但总体看过去，就是觉得哪里不对劲。

歪。

霜月脑中，突然再次冒出这个字。她觉得自己端详雏子时，刚刚站在袴谷府邸正门下方，仰望房子时那种楼歪歪的感觉又出现了。为何会有这种感觉呢？

难道雏子是整形美人？

那样的话，也就说得通了。可是，霜月本能地告诫自己，不要往那方面想。可除此之外，还会有什么原因呢？霜月又看了看雏子的脸，还是没能搞明白。

雏子沏好红茶，简单地聊了几句，就跟霜月说，自己还要准备出行物品，就离开了会客室。

"您们两位，是准备去哪里玩吗？"

霜月一心想着他们是一起外出旅行，没想到光史却回答说：

"我们是出差去工作，而且地方不一样。"

光史终于进入正题，聊起为何要找人帮忙看家这回事了。

"我们两个，基本很少同时出去。你大概也听说了吧，我妻子的伯母也住在这里。"

"是的，我听说了。"

"我和妻子结婚前，也就是说，我们交往时，这位伯母就非常照顾我了。我现在这份工作，也多亏了她老人家的美言推荐。我能坚持做到现在，也是多亏了伯母的各种好建议。所以，我呢，非常尊重伯母。在这一点上，妻子也和我一样。只不过……"

光史讲到这儿，停了一下，一副难以启齿的表情接着说道：

"雏子做的呢，稍稍有点超出正常范围了。"

霜月不知如何应答。光史接着说下去：

"对于伯母，雏子不仅是尊重，甚至达到崇拜的程度。"

霜月想起了小田切说的那句话——伯母其实是一家之长，家中所有的实业，都是由伯母暗中统筹安排的。

"这次，虽说我们两个人都不在家，但伯母既不是小孩子，也不是行动不便的老人家，我真是觉得，没必要特意找个人帮忙看家。"

霜月觉得情况有点不妙，她决定沉默应对。

"而且，随随便便让一个陌生人住在家里，总觉得不太——啊，你别介意，我说这些不是针对你的。"

光史在眼前，摇了摇手，表示否定。

"我是觉得，找人帮忙看家，不管这个人的信用多么可靠，但毕竟是个陌生人。把个陌生人留在家里，这件事本身，其实就是给伯母增加负担吧。"

"是呀，您这么想也是对的。"

霜月这么回答，只是不想让光史觉得为难。但光史的反应，好像是终于遇见了知音的感觉，他面露喜悦，接着聊道：

"所以，你可能会觉得有点怪。但我希望你，尽量避免和伯母有接触。嗯，这个不难做到。因为伯母住在三楼，她基本很少下楼。"

霜月想，看来三楼窗边的那个人影，就是伯母啊。

"厨房、冰箱、浴房、厕所,三楼的家用设施一应俱全。应该说,比起普通单身者的房间,三楼的配备齐全多了。"

刚刚从正门往上看,还真不知道三楼的房间会那么宽敞。自己看到的,和实际情况不一样啊。

"总之,只要你不上三楼,家中其他任何地方,你都可以自由活动。如果有想用的东西,你也不用介意,尽管用好了。"

"嗯,可是万一伯母从三楼下来了呢……"

"应该不会。不过,如果她下来了,你就尽量躲开,别和她碰面。哦,对了,你喜欢看电影吗?我家有个小放映室,那间房,伯母一定不会进。嗯,其实只要你不上三楼,应该就没事。"

"好的,我绝对不上三楼。"

霜月应允后,突然想起她一直挂念着的那个尖塔。就问光史,是否可以去那里。光史回答道:

"啊,那里无所谓,你可以上去。只是去尖塔的楼梯,就在伯母房间旁边,你经过的时候,千万别弄出声响来。这附近到了晚上,一片漆黑。但贺来泽那边的高层公寓群,夜景还是非常不错的。"

说完这些,光史又领着霜月去了放映室和图书室。

放映室里,巨大的电视屏幕镶嵌在一面墙上,霜月对此已是颇感惊讶。更让她瞠目结舌的是,他们收藏的录像带,排满了整整三面墙。粗略看过去,可以知道其中大多是推理、恐怖电影。图书室的情形也差不多,书架上摆放的,基本上都是推理和恐怖小说。

光史和霜月,在图书室聊起了彼特·弗朗西斯·斯特拉布(Peter Francis Straub)的小说《朱丽叶》,以及由此改编的同名电影《朱丽叶——幽灵与玩女》。这时,雏子走了进来。

"光史,你的行李都收拾好了吗?"

"哦,还没呢。我刚刚整理到一半。那你陪她一会儿吧。"

目送光史急匆匆离开后,雏子若无其事地邀请霜月,让她坐到图书室那个读书专用的沙发处,然后突然说:

"关于伯母的事情,有些话,我还是想嘱咐你一下。"

雏子的语气,一下子变得非常正式。霜月以为,她一定是把光史刚刚嘱咐过的那些话再说一遍。但雏子说的是:

"我也是犹豫了半天,不知道该不该和你说……但是想着,万一发生火灾,你不知情,可能会造成无法挽回的损失……所以,决定还是和你说清楚比较好。当然,我说的,只是我一个人的意见。"

雏子给霜月提前打了预防针,然后告诉她一件无论如何也想象不到的事情。

"其实,我伯母已经过世了。"

"啊?"

霜月对雏子说的这句话完全没有反应过来。那一瞬间，她非常担心，暗想雏子没事吧。

雏子对于霜月的反应，好像并不在意。她盯着霜月的眼睛，接着补充道：

"伯母在去年夏天快结束的时候，就已经离开人世了。她本来就体弱多病，那段时间，天又特别热。我们都以为她只是得了感冒，没想到一眨眼儿的工夫，她就过世了。"

"葬礼，举办了吧？"

虽然觉得这个问题有点蠢，但霜月还是不由自主地，想要再确认一下。

"是的。葬礼只有家人参加，不过，已经安葬到墓地了。"

雏子说这些事，大概是想告诉霜月，伯母去世，是个不难确认的事实。

"不过，您先生光史……"

"是啊！对我先生来说，伯母还活着，没去世。说得准确些，光史是不想承认伯母已经过世了这个事实。和我交往过的几个男生中，伯母最喜欢的就是光史。结婚前，伯母就非常疼爱他了；结婚后，光史随我们家改姓袴谷后，伯母就更宠他了。"

"是不是也是因为这样，您先生才无法接受伯母已经过世，这个让人痛苦的事实呢？"

看到雏子点头认可，霜月很想再刨根问底地追问几句。

她非常想知道，光史是知道伯母已经去世了，不想承认呢，还是说，他完全坚信，伯母依旧活在世上呢？

不过，霜月还是有些畏惧，这些话最终没能问出口。不过她想，如果是后者，那光史的精神，恐怕会出问题吧。

"我们就先聊到这儿吧。没时间再详细解释给你听了。"

雏子的视线，稍稍瞟了一眼图书室的门。

"总之，你照着光史说的去做就好。其实本来也没什么要做的，他可能会让你照顾伯母，你照着他交代的去做就好了。事实上，伯母过世后，我和他再也没进过伯母的那间房。房间里的一切，也都保持着原样。所以，你只要在家里住上一晚，看看电影，读读书，做些你喜欢做的事就好——"

说到这儿，光史返回来了。他们又领着霜月去了一楼的厨房和餐厅，然后去了二楼的寝室，相关的解释也就告一段落。

上下楼梯时，霜月觉得有点怪，光史总是贴着楼梯的一侧走。她想，即便是为了抓楼梯扶手，但那也走得太贴边了。细想起来，光史经过一些走廊时，好像也是贴着边走的。或许是他的个人习惯？不过，仿佛有时他也在走廊中间走。地点不同，走的地方就不同？

霜月有点纳闷，这时，她注意到，雏子好像也是贴着楼梯边走，霜月越发觉得奇怪了。

"我们两个人明天中午之前都会回来的。我们一起吃午饭吧。那时,我们再给你结算工钱。"

霜月把两个人送到玄关时,光史告诉了霜月他们回家的时间。

"那么,这个家,就拜托给你啦!"

雏子一边微笑,一边鞠躬道谢。她仿佛用眼神告诉霜月,所谓的伯母,是不存在的,你无忧无虑地住上一晚就好……

两个人,一人一台车出发后,家中一下子安静了下来。当然,此时偌大的房子,只有霜月一个人,没什么声响也不奇怪。但这种突如其来的静寂,还是让霜月觉得有点阴森森的。

霜月平常一个人住在大学附近的一个廉价出租房里。房间周边,时不时会传来什么声响,或者是邻居、楼上住客搞出的声响,又或是外面商贩的叫卖声,再或是旁边小孩子的嬉笑打闹声。总之,不到深夜,从来都不会有这么安静。哦,不对,即便是到了深夜,也还可以听见车子经过的声音。也就是说,霜月住的地方,从来没有过安安静静、没有杂音的时候。

此时的袴谷家,安静得让人心里发毛。地下掉根针都能听见……现在用这句话来形容这里,最恰当不过了,耳边一点儿声音都没有。

外边突然传来乌鸦嘎嘎的叫声。这叫声更加凸显出房间内的凄凉、落寞。霜月不由得心生厌烦。这时，灰暗的天空暮色渐浓，刚刚几十分钟，整个房子就笼罩在夜幕之下。

早点吃晚饭吧。

光史说过，可以用冰箱里的东西煮晚饭。霜月来到厨房，打开冰箱的冷冻室，不由得大吃一惊，这里面的种类也太丰富了吧。有些她是第一次看到，之前还真不知道，这么多东西都能做成冷冻食品。

霜月不想冒险，为了不出意外，她选择了比萨，用微波炉给做好了。又用玻璃杯倒了一杯橙汁，然后把比萨盘和橙汁放在厨房餐桌的餐垫上。正打算吃的时候，霜月有些踌躇。她又开始介意房子里的寂静了，都没心情在这里吃饭了。

没办法，她把东西搬到客厅餐桌那儿，决定一边看电视，一边吃晚餐。她把电视频道调到综艺节目，如果是平时，这类节目绝对不在她的选择范围内。但现在，这些无聊的内容反倒救了她。现在只要热闹，其他什么都没问题。

不过，晚餐用完后，意识只能移到电视那里时，霜月再次介意起府邸内的静寂。电视节目越是喧哗热闹，裹卷霜月的那份寂寥也就越发突出。用电视综艺节目，驱赶袴谷府邸的寂静，实在是杯水车薪。不但无济于事，反倒有点适得其反。

虽然这么说，但霜月还是没勇气把电视关了。她现在能做的，只有把电视声音开得再大些，尽管她清楚这完全是一种徒劳无果的抵抗。

这时，突然楼上突然发出咚的一声响，好像是有人抱怨，电视声音太大了。

可是，现在家中只有霜月一个人啊！雏子的伯母已经过世了呀！

是房屋发出的震响吧。

不过这座房子多么气派，有时也会发出一些怪声响吧。所以，以前人们会把房屋发出震响的原因，归结为"震响妖怪"作祟。霜月小时候，乡下的祖母就给她讲过这类故事。

但霜月还是马上把电视关了，她自己也不明白为何要那么做。硬找理由的话，只能说她是不想再次听到那种奇怪的声响了吧。如果再次出现，就更加印证了刚刚的震响，是有人在抗议呢。

霜月自己带了本托马斯·哈迪的《魔女诅咒》，但她并没有把它从包里拿出来，而是去了图书室。出发收拾行李时，她曾纠结要不要带一本长篇小说，但一想，即便伯母不需要她照顾，一味埋头读书好像也不太好，所以只拿了文库本短篇集。

但现在，她只想沉醉于那些无法一夜读完的长篇巨作中。这样打发一阵时间，等醒过神来，就已经到半夜了，剩下的就是睡一觉。当然此刻她选择的，绝对不会是怪异类小说。

霜月在图书室的书架上，找到一本有趣的神秘长篇推理小说，然后坐在沙发上读了起来。这个房子沉寂安静的环境，倒是非常适合读书，让人很容易进入作品世界。对，这样的话，就会觉得时间一眨眼就过去了。

不过，越是沉浸在小说当中，回到现实的那一瞬间，就越发能觉察出周边不寻常的寂静。这种寂静感，像一种无声的压迫，渐逼渐进。霜月想要回到故事当中，接着读那些吸引力异常起劲的部分，却发现已经无法继续读下去了。飘在府邸内的寂静空气，让人感到切肤之痛。

霜月又努力试了几次，发现还是不行。在这种环境下，即便是无与伦比的杰作，通读一遍，都变成一项艰难事业。

夜晚还很长呢。

麻衣子有点茫然。书也读不下去了，还能做什么呢？

啊！对啦！我去看电影吧。

她的脑海里即刻浮现出，数量庞大、收藏在放映室的那些录影带。比起需要读者能动参与的读书活动，被动地看看录影带，应该更适合现在这种情境。

霜月离开图书室，走向放映室。

……嘎噔！嘎噔！嘎噔！

霜月觉得二楼走廊，好像有人在走路。

只是房子的震响吧。

霜月努力想让自己相信，这些只是房子的震响。但她知道，房子的震响，只会是咯吱咯吱的声音，绝对不会是嘎噔嘎噔的响声。霜月一遍遍对自己说，这就是房子的震响，一边急匆匆地往放映室那边赶。

一头扎进放映室后，看了眼塞满三面墙壁的录影带，霜月就后悔了。因为架子上，一路排过去的录影带，全都是恐怖影片系列。

在郊外一所大房子里，很远才有个邻家。一个人孤零零地，在漆黑的夜晚，鉴赏恐怖电影，这简直就是一种自杀行为。如果换成平日，或许还有心情享受享受这种氛围，但现在，她完全无法品尝这份悠闲。

于是，霜月浏览了录影带封面内侧写的剧情介绍，专门挑拣一些以揭开谜底为主题的推理类作品。她想，如果述说的主题，是以唤起观众知性趣味为主的，现在这个环境，应该也可以鉴赏的吧。

她先看了1959年出品的法国电影《自杀契约》，接着又看了1973年的美国电影《勾魂游戏》。中间，她只是去厨房取了一下橙汁，其余时间，都在专心致志地看着电影。多亏了这两部电影，看完后，已经11点多了。

正在纠结要不要继续看第三部电影时，她觉得自己有点累了。时间也差不多了，接下来冲个凉，看来就可以休息了。

袴谷家的浴室，又宽敞又干净，霜月有点后悔没把浴缸的水放满。她完全没想到还有机会，可以这么奢侈地泡个澡。只是冲个凉，或许真是有点浪费这个机会了。

霜月从浴室出来，擦干了身体，穿上了自己拿的睡衣。

正往厨房走的时候，楼上突然啪嗒一声，好像有人在关门。就好像是谁，为了确认她进了浴室而从房间走出来，现在返回房间似的。

难道是……

霜月当场就怔住了，停了一会儿，她急匆匆地走向厨房。从冰箱里取出一瓶冰水，一口气就喝了差不多一大杯。

霜月长长吐了一口气，又抬头望了望天棚。之前放弃不想的那个问题，现在终于开始好好想想了。

那位伯母是过世了呢，还是仍旧活着呢？

光史说的是实情，还是雏子说的是事实呢？

雏子说葬礼也办了，墓地也都有。按理说，不管调查哪个，都会马上知道真相。她没必要撒这种马上就能拆穿的谎言吧。

雏子的话外音，是担心一旦发生火灾等紧急事态，自己因为去救根本不存在的伯母，而耽误了逃生时间。

伯母还是已经过世了吧。刚刚那些，只不过是物品响声，或者就是房屋的震响吧。

但这时，霜月突然又想到，自己进大门的时候，明明看到三楼窗边好像是站着一个人呢。

那，那是？

雏子说过，伯母死后三楼房间谁也没进去过。那个人影究竟是谁呢？

霜月现在没条件核实伯母的葬礼是否办了，也没办法确认伯母是否已经下葬了。现在她能做的，只能是去三楼的房间，确认一下伯母是否在那里。

霜月离开厨房，准备上楼。但这时，她心里有个声音说：

"不可以上去。"

但她又实在没办法当作什么事都没发生似的，就那么去睡觉。很明显，驱使她一探究竟的，绝对不是好奇心，而是恐怖感。

光史领她上楼时，她还没有注意到。现在她发现，楼梯上，其实也有同样的拱形门装饰，二楼的走廊也是一样。这种拱形门装饰，好像是从大门一直延伸到家中。

走到二楼走廊深处，在去往三楼的楼梯前，霜月踌躇了。

不管伯母这个人物是否存在，但自己已经答应袴谷夫妇，绝对不会上三楼。一旦上了楼梯，就意味着自己践踏了夫妇俩的信任。帮人看家的打工者，不应该有这样的行为吧。

霜月本性认真，不知道怎样打开这个心结。想着想着，她脑海中浮现出一个妙招。

只要去尖塔，不就可以了嘛！

光史答应自己可以去眺望塔。去那里，就必须上三楼，这不就是个很好的借口吗？

霜月缓缓地一级台阶一级台阶地爬上三楼。一楼和二楼，不论是楼梯，还是走廊、室内，所有的空间都有灯。但往三楼，从楼梯口开始就是漆黑一片。

霜月竖起耳朵，壮着胆子，战战兢兢地往上走。她小心翼翼的，完全是楼上有点儿声响，她就可以闻风而动，迅速折回来的样子。

不久，霜月的上半身，已经进入了三楼的黑暗处，眼睛一下子就不好使了。她本能地想要缩回来，还是努力忍住了。停了一会儿，等着眼睛适应黑暗环境，然后接着爬完剩下的楼梯，急急忙忙地就去找开关，打开了灯。

从楼梯口延伸到三楼走廊尽头，走廊两侧的墙壁和天棚，全是拱形门装饰。走廊尽头的门非常厚重，那扇门周边的拱形门装饰，更加气派，与门的厚重非常匹配。门的对面是个铁制楼梯。

看到三楼走廊的布置，霜月注意到一件事。就是一楼和二楼的走廊，有些地方是没有拱形门装饰的，但三楼走廊和连接三楼的这两个上下楼梯，拱形门装饰是连成排的，没有留空的地方。

这一连串的拱形门装饰，从大门处一直连接到三楼伯母的房间，是引导访问者呢？还是说功用相反？是为了标志伯母房间向外延伸到袴谷府邸大门的路途？

这些拱形门装饰，到底是为了什么而设计的呢？

霜月完全搞不懂它们有什么用途，也是理所当然的。但这些拱形门装饰本身，成了霜月新的牵挂。现在琢磨起这些拱形门装饰，并不意味着她揭开了谜底，而是她懊恼地发现，这么重要的事自己都没留意到。

琢磨琢磨着，霜月发现自己已经站在门前了。这扇门，比楼下任何一扇门都要豪华。

霜月把耳朵轻轻地贴在门上，脸颊感到一阵阵凉意，身子也就不由自主地抖了一下。但她还是忍住了，继续竖起耳朵，静静地听窥房间内的样子。

……里面一点儿动静都没有。

那位伯母还是不存在的吧。刚刚只不过就是房屋的震响吧。

霜月把手放在了门把手上，又开始犹豫了。探头窥视房间，明显是太过分了。而且，房间门肯定是锁着的。这么一想，霜月就把手缩了回来，但下一瞬间，她还是抓住门把手，拧了一下。

咔嚓。

果然拧不动。门是锁着的呢。对此，霜月不是感到遗憾，而是非常开心，这下子她终于可以把心放下来了。

回到走廊，霜月想，好不容易上了三楼，就去尖塔那里看看吧。

登上铁制台阶，在平台处折返了一下，打开眼前的门，再往上走几步，就是尖塔的眺望台了。从这里，可以360度全景观看袴谷府邸的周边景色。

和光史介绍的一样，北边贺来泽方向的夜景，的确非常好看。几栋巨大高层公寓楼高耸着，灯火阑珊，明亮的夜空下，显得格外辉煌。因为没有其他高层建筑，看起来就更加漂亮了。

相比而言，袴谷家周边，几乎是一片漆黑。公园和散步小路这些地方，间隔一段距离，会设置一个街灯，但数量过少，所以这些一闪一闪的街灯，不但没能发挥驱赶黑暗的功能，反倒更加衬托出这边的茫茫黑夜。

再次认清了自己的状况，霜月的心更凉了。她现在只想快点返回二楼的寝室去休息。

下了尖塔处的台阶，打开门，来到平台处。一只脚正要踏到铁制楼梯的时候，她吓得差点喘不过气来。

楼下走廊的灯都灭了。

霜月记得，自己上尖塔前，的的确确是开了灯的。她确切记得，自己是按下了开关的，而且完全没有伸手关灯的印象。要命的是，现在整个三楼一片漆黑。

幸运的是，因为刚刚在外面，眼睛已经适应了暗处。所以，霜月一边留意脚下，一边蹑手蹑脚地走下台阶。但她的视线始终没能离开那扇门。灯熄灭的原因，是不是藏在三楼那扇门里面呢？这么想着，霜月越发不安起来。

下铁制楼梯的时候，黑暗中霜月一直凝视着那扇门，这时她看到了一个匪夷所思的场面。

那扇门一点点地打开了……

室内好像也点着灯，随着门缝越开越大，门缝透出来的光束面积也越来越大。与此同时，可以看见一个阴森森的黑影，站在那里。这个人影好像是个女的，垂着一头乱蓬蓬的长发，穿着睡衣，上面罩着一件肥大的和服短外套，黑影一点点地从门暗处露出身影。

门很快就近于半开状态了，黑影马上也要现出全身。霜月这时站的位置，还有三个台阶，就到三楼了。

这一瞬间，可能只有一两秒，但霜月感觉过了好几分钟。双方突然同时开始移动了。

霜叶从她站的位置，一下子就跳了下来，撒腿跑向通往二楼的楼梯口。那个黑影就在背后追她。霜月没回头看，但凭动静，完全可以判断出来是在追她呢。

一到楼梯口，霜月就跟头把式地噔噔噔往下跑。身子太往前扑了，她差一点就头朝下，滚了下去。多亏她急忙忙地抓住扶手，但还是吓出了一身冷汗。下了楼梯，她觉得自己的脖子拧到了一个不自然的方向，不由得整个后背都冷飕飕的。但与此同时，她发现自己的脑子，瞬间转动得更快了。

那黑影究竟是什么？

该往哪里逃？

前一个问题已经无暇顾及了。逃到哪里呢？霜月脑子里，首先冒出来的是图书室和放映室。她很想飞奔进入其中一间，然后反锁上门。但转念一想，一旦那个黑影有钥匙，自己可就是瓮中之鳖了。既然伯母房间有黑影在那里，这个可能性也是很大的啊。

这时,背后响起咚咚咚的下楼声,霜月的大脑,霎时一片空白。现在,她唯有祈祷自己可以平安无事地下到一楼。霜月下到二楼走廊,穿过那些奇妙的拱形门装饰,一路狂奔到一楼的楼梯口。这时,她觉察到,这些拱形门装饰,俨然就是道路标志呢。

看来只有逃到外面去了。

在房子里待着,被抓到的危险性很大。想到这儿,她重新调整思路,想了一下行李该怎么办呢?包放在起居室,脱下来的衣服还放在换衣房的篮子里。不过,现在没时间去拿其中的任何一个。霜月又奢想着,能不能在房子里先找个地方躲一下,然后再伺机拿回行李。这时,耳边传来咚咚咚追过来的脚步声,她即刻决定放弃自己的行李衣物了。自己和那个黑影的距离,是真真切切地缩近了。

霜月开始顺着楼梯往一楼跑,响声表明,那个黑影也从后面追了过来。霜月觉得,她们之间的距离,可能只有两三个台阶。

被追上了!

霜月内心一紧,这一瞬间她感到右肩,被人猛然用力抓住了!

"啊!不!"

霜月"嗷"地大叫了一声,与此同时,全力甩了一下肩膀。正当她想再加快点速度时,脚下一滑,叽里咕噜地,后背着地,从楼梯上跌落下来。屁股和背摔得生疼,加上害怕，霜月不由得嗷嗷大叫，但她内心想，危机危机，危险就是机会，说不定这回可以彻底摆脱那个黑影了。

一下子跌到了一楼地面，霜月浑身酸痛，无力马上站起来。但只是磨蹭了这么一小下，好不容易拉开的距离，转眼间又缩近了。

霜月焦虑万分，伴随着咚咚咚可怕的脚步声，那个黑影也在下楼。不过，好像跟霜月一样，黑影也是两脚打滑摔倒了。

霜月为了避免碰上，急忙把身体滚到一边，那个黑影也滚落下来了。不过，和霜月不同，黑影好像是前面着地，或许也是因为这个原因，黑影跌下来之后，就原样趴在那里，一动也不动。

霜月大口喘着粗气，眼睛片刻也没离开眼前的这个黑影。她很想尽快离开现场，但又非常在意眼前的这个黑影。脑袋里想着应该马上逃离，腿脚却怎么也动弹不得。

这时，那个黑影唰地抬起了头。披着的长发挡住面部，但炯炯有神的目光透过发隙，死死地盯着她。

霜月和那个目光对上的一瞬间，不禁头皮发麻，全身发抖。她身体一哆嗦，即刻条件反射似的一蹦而起。再大的身体疼痛，比起眼前这种超级恐怖，都变得微不足道了。

对方好像也想站起来。是什么情感驱使她起身的呢？

霜月跟跟跄跄地奔往玄关。她知道，自己现在必须逃出这个房子。其他任何事情，都不是现在应该考虑的。

马上就有一阵散乱的脚步声，从身后追了过来。但听声音，对方的伤势好像也不轻。现在可以一口气拉开一段大距离，或许可以彻底逃脱这里，必须抓住这个绝好机会！

霜月终于跑到玄关，穿上了鞋子，正要开门时，不由绝望地悲鸣起来。这扇门，有两个带钥匙的锁，另外，门内侧还有个防盗锁链。把这三把锁好好锁上的，当然是霜月本人。袴谷夫妇刚一出门，她就把这三把锁都锁上了。

霜月吓得一回头，恰好看到那个黑影出现在走廊拐角处。

霜月两只手同时上阵，几乎是同时打开了两个钥匙锁。然后，急忙用右手去拉防盗锁的链条。这时，她感觉那个黑影好像是一口气奔了过来，她赶紧拉开锁链，开了门，跳了出去。与此同时，用尽全身力气，把门死死关上了。

砰！背后传来粗重的拍门声。霜月撒腿就从房门那里往外跑，拼了命跑下台阶，飞奔离开袴谷家的院子，然后一门心思地跑向榻千彬车站。

虽然跑得脚步踉跄，但她依然时刻警戒着后面的动静。她担心不已，害怕那个黑影还会追到散步小路上来。

累得精疲力竭，就快倒下时，终于可以看见车站了。这时，人行道上没几个人，所有的人都好奇地打量着她的睡衣打扮。

只有一台出租车停在那里待客，霜月钻了进去，说只要把自己送到住的地方，就有钱给车费。司机犹豫了片刻，还是把车发动了。霜月做好被司机问东问西的心理准备。不过还好，整个过程中，司机一句话也没说。霜月心想，如果司机问她怎么回事，自己还真不知道该怎么回答。

跑了很远一段距离，车费也跳到了很高金额，终于到了霜月住的公寓。当初，为了避免万一，霜月曾用胶带在信箱内侧粘了一把备用钥匙。信箱门锁着把数字锁，大可不必担心被人拿走。

霜月付了出租车费，返回房间，一头倒进床上。刚刚的经历，太过惊悚了，霜月刺激得直到天亮也无法入睡。第二天，也是一整天没有出门。

到了第三天，霜月收到袴谷家寄来的一份宅急送。她又是吃惊，又是害怕，战战兢兢地打开箱子，看到里面放着她的包包和衣服，还有打工的工钱，只是给的金额是小田切说的10倍。

连休结束了，大学也开始上课了。霜月跟社团的学长们打听小田切这个人，她以为有人认识她，结果整个社团，没有一个人认识小田切这个人。小田切来的时候，曾提到过，一位几年前毕业的社团部长的名字，所以社团的其他学长，都深信小田切也是已毕业的社友。霜月也就理所当然地以为，其他社友都认识小田切，只有自己一个人不认识她。现在看来，自己是被小田切漂亮地耍了一圈。

这位假装已毕业的前社友，曾事先到社团摸过底，向其他学长打听过，有没有远离父母，一个人在东京生活的新生。当然，她也解释了原因。说是因为连休期间，有份很好的临时工作，约好的人有事不能做了，才来这里找人的。不过，需要说明的是，霜月查了以前的社友名簿，知道光史的确是文艺社团已毕业的前社友。但能搞清楚的，也就这些了。

很长一段时间，霜月都没和人谈起那一晚的经历。当然，这一方面是因为，自己的行李物品全都寄回来了，对方还给了高额工钱。但更重要的是，霜月一点也不想回忆那晚的经历。

那年夏天，霜月和朋友一起出去玩。参拜一家神社时，突然念头一闪，那晚的记忆复活了。

霜月突然觉得，那天在袴谷家看到的一连串拱形门装饰，会不会象征着神社的鸟居呢？这些拱形门装饰的主要功能，是不是把伯母的房间和外部的某个地方连接起来呢？所以，光史和雏子，经过有拱形门装饰的楼梯和走廊时，才总是走边上的。这和人们参拜神社时的风俗是一样的。参拜神社时，从鸟居处开始，普通人就不可以走中间，据说参道中间的路，只有神灵才可以走。以前霜月的祖母，给她讲过这个习俗。

当然，即便这个解释是对的，搞不懂的事情还是一大堆。那个夜晚，太多不清不楚的地方，想通一件事，完全于事无补。其实，现在再想东想西的，都只是无用功而已。

那个夜晚，自己如果没有逃离袴谷家，究竟会发生什么呢？事情已经过去几个月了，只是想想假设的结局，霜月依旧后怕。

有一天，霜月突然觉得，自己好像明白了那具弃尸想要表达的意义。

榻千彬公园发现的那具弃尸，两腿被伸开放平，两只切断的胳膊，摆放在死者的腹部。

凶犯会不会用死尸形状，来表示鸟居呢？而霜月也是长手长脚的……

虽然完全搞不懂犯罪者的作案动机，但犯人那么摆放尸体，还是留下了一些线索吧。

霜月现在也无法忘记，披着一头乱蓬蓬的假长发，从头发缝隙中向外窥视着的，黑影那略带癫狂的眼神……

不过，细想的话，奇怪的地方还是好多。从她按门铃，到她在玄关处看到光史迎接她，一直都能看到那个人影站在三楼窗边。

那么，那个人影究竟是……

幕间（一）

再次见到时任美南海，已经是2013年9月上旬了。不过，因为我当时正在为《小说昴》同年8月号"特别料理"这个专栏撰稿，所以见面前的三个月，时任曾发过一封邮件给我。

时任第二次约我，依旧是为了和我约稿，她还想委托我继续为《小说昴》写作怪奇短篇。但这次约稿的，不是上次那样的恐怖专辑，而是2014年1月号——"新春人气作家豪华竞演号"。我相当惭愧，深知自己绝对不是什么"人气作家"，但还是非常乐意接受这个约稿。

我们闲聊了一阵子，时任问道：

"不好意思，我直接问您了啊，您的第二部短篇，构思方面有没有些眉目呢？"

被时任这么一问，我冷不丁地想起上次小说中提到的那些录音带和MD光盘，就和时任说：

"其实，我做编辑的时候，曾出于兴趣采访过一些现实版的怪谈。"

幕间（一）

"是的，我听您说过。在著作中，您也提及过这个兴趣呢。"

"啊，是吧？"

"您能不能把那些采访，作为第二部短篇的一手素材呢？"

我看时任的目光中，充满了期待，慌忙地摆了摆手，说：

"哦，是这样子的。我听这些人聊他们的奇闻体验时，会尽量争取对方的许可，用磁带或MD光盘录了音，但我可没指望，能用这些素材具体写出点什么东西啊——"

我正要解释着呢，时任突然神情略显担忧地插嘴问道：

"那，那些磁带或是MD，您还留着吧？"

我看时任如此不安，就和她说：

"嗯，怎么说呢……应该还放在老家吧……"

"老师，您的第一部作品《怪谈录音带》，说的就是这方面的内容吧。一想到这部作品的内容，我就觉得，您无意间再次回忆起这些怪谈的录音带和MD光盘，也存在一定的因缘呢。"

"是吗？"

"是的。所以，我想拜托您，下一部作品，您就用录下来的这些怪谈音频作为创作素材，您看行不行呢？当然，读者是看不出来的，也就是说，这是您和我之间的私下约定。"

"你是说，把录音带和MD记录的怪谈体验，作为第二部短篇的题材？"

"是的。"

"这个能行吗？录下来的内容的确数量不少，但我觉得，几乎都是些派不上用场的话题。"

时任对此非常积极，和她相反，我的态度颇为冷静。因为我觉得：

"有些体验，对当事人来说，或许非常恐怖。但在旁观者看来，毫无恐惧可言。遗憾的是，那些录音中，很多都是这样的。说实在的，从那里面挑选能用作小说素材的内容，真的是非常困难。"

"这样子啊。"

时任露出失望的表情，但她又马上振作起来，提议道：

"不过，这个机会很难得啊。要不，我来听听这些录音可以吗？"

她的这个建议，还真是让人吃惊。

"还好，距离截稿日期，还有些时间。您看这样好不好？如果您能下周之内，把磁带和MD寄给我，虽然我可能无法全部听完，但还是能听完一些吧。保险起见，磁带和MD由我来听，老师您也可以利用这段时间，构思一下第二部短篇。"

"你的意思是，一旦我找不到第二部短篇小说的写作话题，这些录音素材可以用来保底，是吧？"

幕间（一）

"嗯，这样就不用担心把老师的时间，白白地浪费掉了。"

"不过，对你来说，可是个费神费时的活啊——"

"没关系。这也是我们编辑的分内之事。"

时任一本正经地回答完之后，突然扑哧地笑了起来，说：

"其实，说真心话，我个人对于这些录音内容，还是蛮感兴趣的。"

"对录下来的这些怪谈内容，你很感兴趣？"

"是的。不管怎么说，这些录音，都是亲身经历者的亲口讲述。能直接听亲历者讲述这些怪谈，这种机会，也是少有的呢。"

时任说这些话时，已经完全不是编辑的表情了。怎么看，都是个怪谈喜好者的样子。

我稍稍迟疑了一下，觉得这绝不是个坏提议，也就决定接受这个提案。联系了老家的家人，请他们把磁带和MD寄了过来，确认了还可以播放，就把它们寄给了时任。但不知为何，这期间，我总是略觉不安，时常在想，是不是不应该把这些录音寄给时任呢？

我觉察出内心的这些低声私语，但因为自己也搞不懂其中的缘由，所以不由得开始焦躁起来。虽然我一直觉得，请时任帮忙听录音，这样分工对我来说，一点风险也没有。但我还担心或许会出现一些无法预估的严重失误。

这种不安和焦虑，被时任发来的一封邮件治愈了。时任在邮件中说：

"这些录音中，有几个怪谈体验，内容还是蛮有意思的。"更让我惊讶的是，时任居然听写并用文字打出这些内容，还用电邮附件寄给了我。我读了之后，立刻判断出，一些内容可以作为怪奇短篇的素材，不由得佩服起时任的应对方式。

《小说昴》2014年1月号刊行的短篇《帮人看家的那一夜》，就是以这种方式完稿的，虽说内容不太契合新春号……

第一次约稿和第二次约稿，之间的空档比较长。所以，我想即便是有第三次约稿，也应该是一段时间之后的事了。但没想到，时任很快就联系我，约好在2014年5月下旬见面。我记得，这次见面的地点，和前两次不同，不再是那家意大利料理店了，而是一个家庭餐厅。约稿的内容，和之前一样，还是邀我接着写怪奇短篇，并说期望以后可以变为定期的。而且她期待，可以变为系列短篇的形式。也就是说，每个短篇，它们的内容都是独立的，但把所有短篇汇总起来，作为单行本出版时，短篇间的构成，还是具有一定的关联性。

收到这样的约稿，我当然是非常开心。当时，我正在为另外两家刊物撰写短篇，给《靡菲斯特》杂志的，同样也是怪奇短篇；给《推理杂志》撰写的是系列短篇——《犯罪乱步幻想》。我手头还堆积了很多新的长篇约稿。但《小说昴》的两个短篇已经发表了，所以这边的状态是，无论如何都要接着往下写。

就小说的领域和体裁而言，我最想写的，就是怪奇短篇，这也是我义无反顾，接受时任约稿的主要原因。

和时任商谈的结果是，《小说昴》每四个月刊载一篇，这样既可以和其他两家杂志的截稿日期错开，也可以保证刊载的间隔时间相同。另外，插图方面，决定还是和前两次一样，继续拜托给我最喜欢的楢喜八先生。

另外我还想到一个方案，可以用《怪谈录音带》作为暗线，设定短篇间的构成关联。我和时任提了这个想法，她立刻同意，认为"这种设定，实在是太有意思了"。不过，考虑到如果只是按照杂志上的发表顺序，排列各个短篇，那么单行本就成了一部普通的短篇集，短篇间的内部构造关联传递无法给读者。所以决定，发行单行本的时候，还是由我简单地写个"前言"，先说明一下，所有短篇素材，都取自于一些怪事亲历者，亲口讲述自身体验的录音资料。

"这样的话，我就更有动力去听这些录音带和MD了。"

时任就像她承诺的那样，勤勤恳恳地把那些能用得上的录音资料挑出来，并且接连不断地打成文字稿，用电子邮件发给我。在她的帮助下，我写完了刊载在《小说昴》2014年9月号的短篇——《聚在一起的四个人》。

但夏季结束时，一向认真的时任，发来的电子邮件开始掺杂一些奇怪的句子。起初，我还以为是她的手误，后来发现不是。那些内容好像都是写给我的。当然，她没和我解释过，我也无法明确断定，但这种感觉十分强烈。

时任发来的电邮中，掺杂的奇怪内容是——

我正要喝红茶呢，发现茶杯水面上好像有个怪怪的东西。

自动贩卖机里，怎么好像也有怪东西呢？

洗澡时，明明是大晴天，怎么会听到了莫大的雨声呢？

这些文字，跳跃性很强。而且，和文章的前后内容一点关系都没有，给人感觉完全就是没头没脑硬挤进来的文字。所以，根本搞不清句子的意思。当然，这些字我都认识，但就是丈二和尚摸不着头脑，不知道她想说什么。

我非常在意这件事，于是就给时任打了电话。最初，我还是转弯抹角地问，但实在是词不达意，后来干脆就直截了当地具体问了起来。时任竟一时没接上话儿，过了一阵才回答道：

"您是说，我发给您的邮件中……有这些奇怪的文字内容？"

"嗯。而且，这些文字都很突兀，好像硬塞进来的感觉。"

我一边肯定，一边注意到时任在谨慎措辞。

"你刚刚听我说的时候，好像很惊讶。就是说，你实际

幕间（一）

上，什么都没有写？"

"是的呢。"

"但是，我又觉得这些内容，好像也事出有因。难道是我的错觉？"

听了我的补充，时任又是停了一会儿才回答道：

"老师，您实在是太敏锐了！"

"你这么说，是因为？"

"其实，您刚刚说的那些奇怪文字，真的就是我这几个月体验过的事情呢。"

"什么？！"

这回轮到我张口结舌了。

"不过，给老师发邮件时，这些事我一句都没提及过。每次，我写完邮件，必定都要重新检查一番。所以，万一夹杂了这类文字，按说发邮件之前，我一定会注意到的。"

"这可就怪了。"

也就是说，这些奇怪的文字，说的都是真事。不过，时任完全不记得她曾在邮件中写过相关内容。一般的人，可能会认为，这些是时任搞的恶作剧。但根据我和她的三次见面接触，我可以判定这绝不是她搞的恶作剧。

"时任编辑，你能不能和我具体地讲讲，你当时的体验呢？"

下面是我和时任通话内容的大致概括。

时任每天早上，都有喝红茶的习惯。就是那种纯粹的红茶,不加糖也不加奶,吃早餐包或是吃水果时,一起喝的红茶。有天早晨,时任和往常一样,正想喝红茶的时候,看到杯中有个奇怪的东西。

是个半圆形的影子。

这个影子小小的,在嘴边另外一侧的杯子边缘,倒映在近乎琥珀色的红茶水面上。最初,时任以为是个小虫子,但家中任何地方,都没这类虫子。但又好像不是光的缘故。时任没有搞懂是怎么回事,上班前,也没什么时间,那天早晨,她也没再多想,就去出版社上班了。

之后,这个奇怪的小影子又出现过几次。虽然不是每天都会看到,但它总是在不经意之间,就冒了出来。而且,形状还在一点点地发生变化。

从半圆形开始,变成了咖啡豆一样大小的东西。

然后,这个咖啡豆形,其中的一端,又一点点收窄,看情形好像有点往外长的感觉。

而且,长出来的这一端,顶部又开始向左右两边延伸,体积已是咖啡豆的一倍。

时任说,当初她实在是不想看这个东西发生了哪些形变,但她好像已经陷入欲罢不能的心理状态,眼睛总想追随它的形状变化。直到有一天,她看清了这个影子的真面目,不由得毛骨悚然。

那其实是个小人的影子,它就像个小小的妖精一般,摇荡在红茶水面上,肩部以上的这些部分,已经长成人的形状

幕间（一）

了，好像贴在杯子上，一点点地往上蹿的感觉。

据时任说，那以后，她就放弃了早餐喝红茶的习惯。

第二件怪事，是利用公司附近自动贩卖机时发生的。之前，她也多次在这台机器购买瓶装水或茶，都没发生过什么特别状况。但不知为何，听怪谈录音之后，再去那台机器买水时，会莫名不安，踌躇不前，总觉得机器里存在着某种不明力量，会导致她不管选择买什么饮料，取物口出来的，一定不是她想买的那一种。

她的脑中，突然就浮现出这种念头。一想到，自己是不是由于暑热，而患上了这种太过无厘头的妄想症，时任稍稍有些焦躁起来。但一进入阴凉处，心情也会安静下来，这种奇怪的想法即刻就会淡薄很多，这么一来，时任也就认为，是暑热在作怪。

可是，再次站到那台自动贩卖机的前面，同样的恐怖又会瞬间袭来。那以后，时任就选择绕行那台自动贩卖机了。

第三件怪事是洗澡时发生的。有一天，从出版社返回公寓，已经很晚了，时任在浴室冲凉，突然就听到了"哗、哗、哗……"下大雨的声音。时任有些纳闷，明明回来的路上，是个大晴天，怎么会突然下起这么大的雨呢？而且，好像是近年少有的暴雨声。她一边想，一边关上了花洒，但奇怪的是，暴雨声也戛然而止。

……只是一种偶然？

但这也太不自然了。时任再次打开淋浴的花洒，"哗、哗、哗……"，大雨声又随之响起。关了花洒，雨声随之停止。因为此前从未发生过这样的事情，所以时任确定这种怪声，绝对不是冲凉的回声。而且，这种怪声，和喷头出水、关水的声音并不同步，有时会早一点点儿，有时会晚一点点儿，或多或少，会有些小偏差。

因为这种奇怪的雨声总会出其不意地造访，时任彻彻底底地讨厌冲凉了。即便麻烦，她也会选择泡浴，选择用浴缸的水洗头、洗身子。

"老师，您怎么看待这些怪事呢？"

时任讲完这一大堆怪事后，询问起我的看法来。

"这些怪事，都是因为你听了这些因缘颇深的录音带和MD才发生的。或许作为一名恐怖小说作家，我这样回答你比较好些，但老实说，这种状况完全不可能。"

"是吧，看来还是因为我太过敏感，想得太多了呢。"

"嗯，我想可能和你的心情有关。不过，你说的每个现象，都好奇怪，很是具体呢。"

"啊，是吧？……那么，是和那些录音带和MD……"

"我也在想，好像是它们在发生影响力呢。不过——"

我肯定了一下，然后指出了要点所在：

"只不过，如果真的是听了磁带和MD，就会发生怪事，那么，我写了《帮人看家的那一夜》和《聚在一起的四个人》，是不是也应该遭遇和这些原有素材相近的怪异体验呢？"

幕间（一）

"啊，对啊，您说的也是。"

她的声音突然有些变化，我又举了几个具体的例子。

"如果以前的作品中，出现过小人妖精，以及和自动贩卖机、淋浴相关的一些奇闻怪事，你的感觉和这些作品情节有共同点，我还可以理解，但实际上，我们没有触及过这类题材呢。"

"老师您经常写道：有些怪异事件，看似缘由不清，但其实背后多隐藏着一定的规律性。我应该想起您说的这条真理啊！"

"啊，不会吧。怎么说，这个观点都不太适合上升到真理层面吧。"

"是吗？但您在那些以真实怪谈为题材的作品中，可是多次证明了这个观点啊。"

"嗯……"

我被问得没词了。时任想起来的，大概是拙作中的几处片段。写小说时，我是因为知道这些缘由不清的事件，可以用隐藏的规律性加以解释，才把它们写进作品的。但不管怎么说，这些始终都是我写小说时的观点。

但我最终，还是没有把这些话说出口。因为我觉得，刚刚的谈话，已经让时任安心了，她已经认可，自己身边发生的这些奇妙现象，只是她太过敏感的原因。那么，话还是说到这儿就可以了。

不过我也觉得，不应该再跟那些录音带和MD扯上瓜葛了。所以就和时任说，《小说昴》的下一篇连载，由我来负责找素材，她不用再听那些录音了。时任也表示同意，但只能说，我的想法太过天真了，相关怪事并没有就此终结。

聚在一起的四个人

　　一群素不相识的陌生人，五六个到十几个，偶然受到邀请，一起来到山中的古城，或是孤岛的豪宅，欢聚一堂时，却发生了惊人的恐怖事件……

　　这类故事设定，很早以前就受到推理类小说和电影的钟爱。

　　因为彼此间不知道相互的来历，一旦发生案件，都不知道该信任谁，所以通常只会茫然地陷入疑心生暗鬼的状态。情境悬疑，刻画简洁，是这类故事设定广受欢迎的原因之一吧。

　　阿加莎·克里斯蒂的《无人生还》（1939年），当属这类故事的鼻祖。对此，人们应该没有异议吧。

　　《无人生还》讲述了年龄、职业、经历各不相同的10位男女，收到了一位自称南茜·欧文、谜一般的陌生人寄给他们的邀请函。于是，10个人在德文郡一座海岛——兵队岛（因第一版的黑人岛和改订版的印第安岛，在用词上存在种族歧视，所以改为现在的版本）相聚了。邀请者并没在豪宅的餐桌上露面，只是让留声机传出的《鹅妈妈童谣》，毛骨悚然地逐一揭露10位来客过去犯下的罪行。不久，如童谣歌词暗示的那样，10个客人，一个接一个地被杀掉了。

《无人生还》被多次搬上舞台，数次改编为电影、电视剧，就是因为它奇特的设定，太具魅力了。从未谋过面，彼此不知根底的一群人，聚集在一个地方，无论是场面设定，还是情节结构，这部作品无疑都是当时最为成功的一部作品，不止一个国家曾将其电影化，搬上大屏幕。具体情况是：《无人生还》（美国/1945年）；《匿影杀手》（英国/1965年）；《无人生还》（意大利、法国、西班牙、西德/1974年）；《十个小黑人》（苏联/1987年）；《SAFARI杀人事件》（美国/1989年）。这些电影中，只有苏联的那部，比较忠实原著。其他各部，虽然脚本都是基于阿加莎亲自改编的舞台剧本，但各个电影的改动细节不尽相同，所以最终呈现的效果还是大相径庭的。

顺便提一下，据说，阿诺德·施瓦辛格2014年主演的动作片《破坏者》，是这部小说第六次登上电影屏幕。我听到这个消息，大吃一惊，担心原作要素所剩无几的人，应该不止我一个吧。

写了这么多铺垫，绝不是说，我要讲个和《无人生还》相似的恐怖故事。只是因为我觉得，这些背景，对于了解本次怪谈事件的体验者——奥山胜也的心情，是最恰当不过的了。

另外,这个怪谈,是我以往认识的、一位专业领域的出版社编辑,讲给我听的,我并没有直接采访过怪谈体验者奥山胜也。我只不过是把那位编辑当时说的内容,用磁带录了下来。按理说,我应该请这位编辑为我介绍怪谈体验者,直接采访后再动笔写这个故事。但因为太久没联系那位编辑了,找了几次也没能找到他的联系方式,所以只能是听写、记录磁带的内容了。

以下是基于体验者奥山胜也的视角,重新调整、再次架构过的内容。为了避免不必要的纠纷,在此事先声明,篇中出现的固有名词,很多都是化名。不当之处,相关责任均由作者本人担负。

奥山胜也一边擦拭额头的汗水,一边紧赶慢赶地奔向S站的南出口。迟了三分钟,总算是到了约定的地点。可能有读者想,不就是迟到了三分钟吗?但这次约定的,是时间观念严格的岳将宣,所以迟到三分钟也是不应该的。

不过,奥山几次环顾四周,也没有看见岳将宣的身影。

他还没来?

想到这儿,奥山稍稍安心,但同时也有点纳闷。

岳将宣做事有板有眼,在打工的地方,总是非常恪守时间。约好了时间却没来,无论如何都不像是他的风格。

尽管这么说,事到如今,也只有等着他了。

奥山一边想着，一边又看了看检票口四周。这次，他马上留意到看起来很像是朋友关系的三个人。他们背着登山包，穿着登山服和登山鞋。四周这身打扮的，只有这三个人了。

好像是为了印证奥山的想法，这三个人也都彼此瞄了几眼。只不过，他们好像都比较畏首畏尾，没人想要主动开口询问。当然，奥山也不是个积极主动的人，所以，这四个人就这么干等着岳将宣的到来。

去雨知那里的音碑山徒步旅行，这件事是岳将宣策划的。参加者虽然都是他的朋友，但彼此未谋过面。也就是说，如果岳将宣不来，事情就没办法往下进展。

但离说好的时间，已经过了10分钟，岳将宣还是没有露面。

是不是发生了什么？

那三个，看似今天的同行者，他们的心情好像也和奥山相同。他们或是低头看手表，或是环顾四周的人群，或是翻看手机进行确认，渐渐地也都露出不安的神情。

是啊，手机……

奥山胜也想起来了，他在往这边跑的时候，手机好像收到一条短信。或许是岳将宣发来的信息，告知会迟些过来？

奥山连忙取出手机，果然有条语音留言。不知道是不是因为信号不好，这条留言夹杂着嗡嗡的噪声，很难听清楚说了什么。

奥山把手机贴近耳朵，死劲儿地听，脸都扭变形了，才断断续续地听出：

"……山……从……我今天去不了了。……能不能拜托你领队……请按原定计划……带……BAIFENG……车票……也有……关于……JIA同学……那么……玩好……拜托！"

虽然没听清具体原因，但大概意思是听清楚了。岳将宣是说自己无法参加了，所以拜托奥山带队，依旧按原定计划和其他三人一起去徒步登山。

这个请求，也太难为人啦。

奥山发起愁来，这时他注意到其他三个人，不知何时开始盯着自己。他们或许也都看出来了，自己是在听岳将宣的留言信息。奥山下决心和他们说的时候，刚刚分散站着的三个人，挺自然地就往他这个方向会集过来。但是，谁都没开口说话。还有一个人，只是低着头，都不抬头和大家做个视线交流。

"嗯，那个……大家是不是都是岳将宣的……"

奥山吞吞吐吐地搭着话，但他刚一提到"岳"字，这三个人都点了点头。正好，手机还拿在右手上，于是他就把那条留言录音给几个人听了。

"我是留言中提到的JIA同学。"一位长发扎在后面、打扮干净利落的女孩子先开了口，自我介绍说全名是岬麻里，是名大二的学生。

然后，一个块头挺大、行动稍显笨拙的男生说，自己就是留言中提到的"BAIFENG",自己的全名是白峰亚希彦,是名大三的学生。

两个人都是在打工的地方认识岳将宣的,还说他们受到过岳将宣的许多关照。奥山说,岳将宣对自己也是照顾有加,就这样开始了自我介绍。

"您说您和岳将宣一样,都是大四的学生,那么你们大学也是一起的吗?"麻里听过介绍后,询问道。

奥山摇了摇头,说:"我和岳将宣也是在打工的地方认识的。虽然都是大四的学生,不过听岳将宣说,他好像留过三次级……"

"啊?!是吗?"

麻里面带微笑,却是一脸困惑。见到这个情形,奥山也不知道该如何往下接话,就稍显尴尬地说了句:"那我们几个里面,岳将宣的年龄应该是最大了,大家和他认识的打工地点、上的大学,都不一样呢——"

说到这里,奥山注意到还有一个人没有开口,声音瞬间含糊起来。

这位没开口的,不但身材矮小、体形偏瘦,而且长着一张娃娃脸,这副相貌会让人错以为他是名中学生。奥山搭腔问他:"嗯,你是?"

"我叫山居章三。"

山居说了名字,但依旧低着头,不想和大家有目光接触。奥山又追问了几个问题,才搞明白,山居现在是大一的学生，是一年前登山时认识岳将宣的。

不错啊，这行人中还有个登山老手呢。

奥山开心了一下，但看山居章三的性格，缩手缩脚，岁数又最小，好像也没办法靠他呢。

"到时间了。"

这时，亚希彦小声嘟囔了一句。奥山看了一下表，的确，马上就要到计划乘坐的那趟特急列车的发车时间了。

"岳将宣嘱咐我提前买好车票了。"亚希彦从口袋中掏出了特急车票，奥山接过来，一边发给大家，一边说：

"那我们就先上车吧。"

他领着三个人走向检票口。就这样，去音碑山爬山的领队一职，还是由奥山担负起来了。

上了车，发现他们的座位刚好是前后连着的两人座，于是他们就把前面的那个座位旋转了180度，这样四个人就可以面对面地坐着了。

"麻里，你坐顺行方向吧。"四个人中，麻里是唯一的女性，奥山觉得应该照顾一下她。麻里本人有些不好意思，就在她半推半就坐下之际，白峰亚希彦略带迟疑，然后说了句"我要和男生坐"，就噌地蹿到几个人的前面，色眯眯地坐到了麻里的对面。

与其说是生气，不如说，奥山是怔住了，他心里嘀咕着，这家伙只有这种时候才会动作神速啊！看来亚希彦刚刚的犹豫，只是苦于不知道是选择坐麻里对面，还是选择坐在她旁边吧。

见此情形,奥山希望自己可以坐在麻里的旁边了。

"白峰君块头大,山居君你去坐他旁边,可以吗?"

奥山这样安排,很是自然,谁也挑不出毛病,他也不会觉得太过良心自责。但当山居章三很顺从地接受了这个提议时,奥山还是松了一口气。

四人坐稳后,列车就缓缓地驶出站台,仿佛是在等着他们妥善安排好似的。一段时间,他们四个人都只是静静地看着窗外风景,没有人开口说话,气氛稍稍显得有点尴尬。

到站还有一个半小时呢,就这么不尴不尬地坐在,实在是……

想到这儿,奥山也是一脸苦涩表情。

现在是秋天出游的季节,他们乘坐的也是旅游专列。但或许因为不是休息日的原因,车厢里还剩有一些空位。一些60岁左右的女性团体,以及几对老夫妇,他们的座位都是谈笑风生。车厢内,只有这组座位,成员年龄最小,却死气沉沉的,没人说话。

奥山很想吼亚希彦,你特意坐到麻里的对面,你倒是搭茬说话呀!当然,这句话,他并没说出口。这是因为,他内心深处,并不想看见两个人关系变得非常密切,看到两人不说话,他对这种状况甚至有些小窃喜。

虽然心存这份私念,但只有自己这片座席安安静静的,还是觉得有点别扭……不管是谁,开口说点话吧,还是这份心情占据了上风。

打破沉闷氛围，还得靠奥山自己。想想自己既然受人之托，当了领队——哦，应该说是硬塞过来的领队头衔，没办法，只有自己先开口打破闷局了。

"几位都是第一次去音碑山吗？"

麻里答了句"是的"。亚希彦大模大样地点点头，章三好像打盹儿似的，轻轻地点了一下头。

"听岳师兄说，那里不像是登山，反倒像是徒步行走。所以，我们这种不习惯爬山的人，也能适应。只不过，岳师兄没来，我们能靠的，就只有这份雨知地区导游便览上的小地图了。到山顶，好像只有这一条路，应该没什么问题吧。不过，说实在的，我还是有点不放心，"

正说着，章三掏出一张叠着的纸片。

"这是？"

奥山接过来，展开一看，原来是音碑山周边的手绘地图。

"这是岳师兄画的？太好了！"

奥山口中说着感谢的话，内心却在抱怨，有这样的地图，怎么不早点拿出来？他心想，也不知道岳将宣还把什么东西委托给你们了，拜托各位快点拿出来吧。于是他看了一圈，问道：

"不知道岳师兄，有没有和大家交代过其他事情呢？或者说，有没有其他委托大家带来的物品……"

这时，麻里掏出手机，又说了一件让人感到意外的事情。

"其实，三天前岳学长曾给我发过一个短信，说他现在在音碑山。"

"咦，什么情况？"

这回大吃一惊的，不只是奥山一个人了。亚希彦听到这个信息，也是探出大块头，吃惊地问道。

"我也很吃惊呢。听岳学长说，他去之前的那个周末，雨知那里接连下了几场暴雨，他是有点担心，才提前去看看状况的。"

"难不成我们今天要去的地方，就是岳将宣三天前去的那个地方？"亚希彦又问了一句。

"岳师兄是想着我们几个都没登过山，为了安全起见，才特意跑过去看的吧。"奥山想，提前打探路况这种行为，很符合岳将宣的办事风格。所以奥山很能理解。普通人由此可以感受到，岳将宣并不介意提前上山去了解了解路况。

这时，章三好像是为了进一步证明这个观点，嘟囔了句：

"音碑山，是岳前辈很中意的一个场所呢……"

这句话表明，章三和岳将宣共同知道的场所不止一个，看来章三对岳将宣的喜好还是蛮熟悉的。

"以前，我就听岳学长说过音碑山。"

"我也听他提过。"

听麻里和亚希彦这么一说，奥山想起岳将宣也曾和他聊过音碑山。

"所以，对岳师兄来说，连着跑音碑山，也不会觉得辛苦呢。"

"或许，还挺开心的呢。"

听麻里这么说，奥山就看了她一眼，两人彼此相互一笑。

"短信之外，没其他什么了吗？"

亚希彦毫不知趣地插了一句话。奥山沉下脸来，麻里慌里慌张地低头查了一下手机，回答道：

"岳学长认为，原计划要走的路，有点泥泞，不过走的话，应该问题不大。"

"他在地图上也备注了'注意脚下路滑'。"

奥山用手指着地图，先给麻里看，然后依次给章三和亚希彦也看了。

岳将宣在短信中写的注意事项，几乎毫无遗漏地标到了地图上。奥山确认之后，也就安心了。

"不愧是岳师兄啊！"他再次感慨了一番，就在这时，他注意到麻里的表情有点奇怪。

"你怎么了？哪里不舒服吗？"

"那个……"

麻里慢慢地把手机画面转向奥山，和他说：

"三天前的短信没这些内容啊……"

奥山想着，这是个什么短信呢？读了一下，是下面这些内容：

"遇到一个登山的朋友。发现一条新路。找到一些漂亮的石头，刚好够人头份。当天我们能愉快地度过吧。"

乍一看，感觉不到什么特别的地方。但不知为何，还是让人有些无法释怀。奥山的印象就是，虽然说不清理由，但就是感到哪里怪怪的……

他坦率地把自己的想法说了出来。

"按说三天前那个短信的后面，没有这些内容啊。"

麻里在意的是这一点，而不是内容是否奇怪。

"短信是什么时候到的？"

"是三天前。接到其他短信后，马上就接到了这个。如果有这些内容，当时我一定会马上注意到的。"

"哦，对了。只是短信，有时会推迟到呢。这个也是那种情形吧。"

"毕竟是在山上发的呢。"奥山嘴上这么说，但他的语气一点都不确信。

"短信中提到的登山朋友，会是谁呢？"

"会不会是像山居这样的人呢？"

麻里好像缓过神来，回应了一句。然后，自言自语地嘟囔着：

"不过，按照岳学长的办事风格，他一定也会邀请那个人一起参加今天的徒步登山活动吧。"

"你有没有什么线索呢?"奥山问了一下岳将宣的登山朋友山居。山居就那么低着头,晃了晃脑袋。

"不管怎么说,这个短信都有点怪。但哪里怪呢,又说不清楚。"

"是太过唐突了吧。"亚希彦用他特有的方式,很是唐突地回答了奥山的疑问。

"是短信唐突?"

"不,是内容比较唐突。"

奥山有点冒火,心想你说话能不能说清楚点呢?但想到自己的领队身份,就忍住没说。

"是啊。再多寒暄几句,好像更好呢。"他只是附和了一句。

麻里感受到大家认可她的观点,好像又有精神了,也附和地说道:

"感觉那个短信,只传递了必要的信息。不过,一想到可以有漂亮的石头拿来当礼物,稍稍有点小期待呢。"

麻里的发言,女生味十足。大家关于短信的讨论,也就告一段落。

和麻里聊天,还挺舒服的。只是那两个男生让人头疼。奥山心里又是一顿牢骚。

"岳学长给我们准备得这么周到,他却突然无法前行。真是有些遗憾呢。"麻里的这句话,提醒了奥山。突然接到电话留言,得知岳将宣无法前行,然后又被安排当了队长,奥山都忘记了自己应该再给岳将宣打个电话问问。

"我去打个电话。"奥山和三个人打了一声招呼,走到列车连接处,又拨打了一次岳将宣的手机。然而,电话那头传来的,依旧是"您拨打的电话,没有开机,或是不在服务区内……"甚至都没有转到语音留言那里。奥山没有办法,只好发了条信息,简单地说明了一下情况。告诉岳将宣,他们四个人已经按照原定计划,坐上特急列车,并说大家都很担心他,问他是不是突然病了。

奥山还想着或许岳将宣会马上给自己回信,就等了一会儿。但依旧是既没电话,也没短信。奥山感到一种说不清的不安。

他不会是遇到什么事故了吧?

奥山不由得想到一些极端事例。但转念一想,那样的话,他应该没办法发语音留言了吧。虽然那些留言听得不是很清晰,但至少可以知道,岳将宣说话时,和平常没什么两样。

还是遇到了什么急事吧。

在集合当天就要出发时,突然才打电话说去不了了,这完全不是岳将宣的处风格。只能想着,他真的是遇到了什么突发急事。

奥山返回座位,告诉三个人,说还是没能和岳将宣联系上,看来他真的是遇到了不得已的急事。

麻里表示理解,她说:

"这样的处理方式，一点都不像岳学长的风格呢。看来他实在是有事呢。"

"是啊。"亚希彦也跟着附和了一句。但这句附和，完全不像是回答奥山的解释，看起来更像是在附和麻里。

章三依旧是不看大家，静静地点点头。

干这干那之间，列车到了雨知车站。奥山一直担心，乘坐特急列车过程中，大家一直默不作声，氛围太闷，看来这种担忧是杞人忧天了。他和麻里之间的对话比较多，奥山对此也很满意。他觉得坐车过程中，和麻里的这些聊天，缩短了两人之间的距离。

在雨知站换乘稚鸣线后，穿着打扮明显就是要去爬山，这样的乘客一下子多了起来。但年轻的，好像也只有奥山他们这一组。其他的，都是中老年人，有些年龄看起来非常大了。

离他们下车的愿粥站，还有二十几分钟。奥山一坐下来，就把岳将宣手绘的那个地图摊开让大家看，专门确认了线路。按说，奥山应该按人头份复印好发给大家，但这张地图，是上了特急列车后，章三才转给他的。本来他打算预防万一，下车后找个便利店去复印。但看看窗外的风景，奥山觉得找到便利店的希望不大。

愿粥站很小，乃至会让人错以为，它是个没配备车站人员的"无人车站"。奥山这行人之外，还有几组游客也下了车。环视四周，别说便利店了，甚至连个卖东西的店铺都没有，有的只是稀稀落落的几处民家。

有一组年长者的女性团体先下了车，奥山他们好像追在她们身后似的，也朝音碑山脚下的黑日神社走去。奥山之前读过一个导游手册，根据上面的介绍，山脚下是黑日神社的里宫，奥宫位于山顶上。奥宫可以开车或坐巴士上去，而里宫周边的道路很窄，只有小型车才能通过，从最近的一个车站步行过去，要花很长时间，所以去里宫参拜的人很少。只是，如果是爬音碑山的话，则必须到里宫去参拜一下。因为当地有个可怕的传说，说是如果不认真地到里宫去参拜的话，那么登山过程中，就会遇到独眼独脚的怪物。

山上有怪物，不是导游手册上刊登的信息，而是奥山在网上一个怪谈贴吧上看到的。跟帖写自己在山上遇到怪现象的不止一人。怎么说呢，奥山其实挺喜欢这类介绍，但看多了，也有点烦。自己喜欢看，也爱听别人讲，但自己要去的那个地方，如果真有些莫名的怪现象，那又另当别论了。原以为有岳将宣可以依靠，所以，奥山虽然知道音碑山的这些奇闻怪事，他还是参加了这次活动。

没承想……

奥山一边参拜黑日神社，一边祈求这次活动平安无事。岳将宣没来，那么只能仰赖神灵护佑了。

拜过之后，奥山回头看了一下。麻里和亚希彦正在双手合掌认真祈祷着。

麻里并无异常，但亚希彦这个家伙的样子有点怪。

奥山看到亚希彦眼睛留着一条缝，偷偷地瞄着麻里，心里马上就明白怎么回事了。

亚希彦这是希望他拜神的时间超出麻里，让麻里觉得他更认真些吧。

这小子这样做，会有效果吗？当然，对此奥山是无法预估出来的，但他清楚地了解到，亚希彦是想要引起麻里的注意。

咦？还有一个人呢？

奥山不知道山居章三跑到哪儿去了，他慌忙四处张望，看到章三已经站在神社鸟居前方的一个石碑旁，在等大家了。

看到章三一改此前的消极态度，奥山十分诧异。他不由得感慨道，不愧是岳将宣的登山朋友，之前自己觉得章三虽有登山经验，但好像靠不上，这个推断或许太过草率了。

顺便说一下，章三旁边的石碑，是从黑日神社的参道，步行前往音碑山时，作为山路记号的起点碑。稍稍越过这个石碑，就进入山里面了。

奥山招呼了还在参拜的两个人，他们一起走到山道的起点碑。就在这时，章三突然开口说道：

"奥山打头，麻里排第二，第三是亚希彦，我来殿后。我们按照这个顺序出发吧！"

"啊，这样啊？！"

奥山被章三的突然举动吓到了，一时结巴起来。

"山居君,您熟悉山形,您来打头,不是更好吗?"

麻里替奥山说了他想说的话。

"是啊,好像只有我一个人熟悉这座山呢。"

令人难以置信的是,此前沉默寡言的章三,突然变得话很多。

"所以,我反倒要走在所有人的后面。这样才可以注意到,有没有人累得掉队了。奥山是我们的队长,所以他应该走在最前面。麻里是唯一的女生,跟在队长后面,比较稳妥。那么亚希彦自然就排在第三位了。这是最佳队形吧。"

章三的这番话,的确是很有说服力。只是他说话的时候,依旧避免和其他人有视线接触。

"也是呢。"

麻里和亚希彦没有特别反对,奥山虽然不太想走在最前面,但他还是决定接受章三的提议。

从起点碑一步入山路,之前的柏油路一下子就变成了土路。而且,路面也窄了起来,大家只能排成一队前行。顺序就是:奥山胜也、岬麻里、白峰亚希彦、山居章三。

坡路最初还比较平缓,但不久就陡了起来,骤然就被夏日繁茂的草木味包住了。

最初,奥山还有心情提醒麻里注意脚下,但慢慢地就无暇顾及了。

亚希彦话不多,但遇到坡度特别陡的地方,他会在后面推麻里一把。奥山感觉特别不爽,觉得亚希彦是打算趁机摸麻里的屁股。但不久后,亚希彦也自顾不暇,不再推麻里了。有时麻里差一点就要摔倒了,他也装作没看见。

没有了奥山的提醒和亚希彦的照顾,麻里好像也没太介意。她紧紧地跟着奥山,没有落下脚步。只不过刚进山时,她还会说几句"这花好漂亮啊",现在已经是一言不发了。

三个不习惯登山的人,最终都是自顾不暇的状态了。

唯一例外的,只有山居章三。他一改之前缩手缩脚的样子,好像越爬越起劲儿。

"不仅是雨知地区的人们,很早以来,稚鸣地区的人们也都非常信仰这座山呢。人们都相信,去世的人会回到这座山来。如果想和去世的亲人见面,就先去参拜刚刚那个黑日神社,然后爬上山顶。"

没人问起这个话题,章三却介绍起这座山的相关历史,这让奥山大为惊讶。

"音碑山有个叫作赛河原的地方,当然不是真正有河流淌。那里全是石头,只是远远地望过去,像一条绵延不断的河流。所以,才被叫作赛河原。"

章三的介绍,并不让人感到厌烦。另外三个人都没力气说话了,所以他的讲解正好可以调节一下氛围。

"据说,在山顶上用石头打出节奏,去世亲人的魂灵就会出现。"

章三现在聊的这些内容,就是导游在介绍山的历史。从这个意义上讲,三个人应该感谢他才对。不过,章三聊的内容稍稍有点不太对头。

"进行这个仪式时,要注意不能一直打击石头。听说那样的话,会招引一些不相关的亡者留驻在山上,不再离开了。另外还有一个禁忌,就是同一个人不能一直敲打同一块石头。那样的话,死者的意念会封在石头里。"

章三介绍的这些,与其说是和音碑山相关的一些口传故事,不如说更像是些怪谈故事。

"当然,在赛河原之外的地方,绝对不可以敲打石头,那样只会把亡者招惹过来……"

我们侵入这么恐怖的一个地方?!奥山觉得光是想想,自己就已经无法镇定了。更何况,章三讲的不是普通的怪谈,他说的可是个经过几百年历史验证过的怪谈啊。奥山感到害怕,也是正常的。

"在这个山上,遇到某个人,打招呼时,你说'你好',对方却回答'喂'。他的回答,好像是在喊很远的人。这个时候,一定要马上离开那个地方,绝对不能和对方聊天!一旦聊天,就彻底完了……"

奥山虽然有些害怕,但他还是想侧耳聆听。因为他觉得章三讲得太棒了,如果不听的话,自己可能会后悔。

但麻里和亚希彦,却没怎么用心听。尤其是亚希彦,他外表看起来体力不错,但不一会儿额头就出汗了,样子很是狼狈,好像根本没心思细听章三说的这些事了。

当初,奥山还以为,他们可以很快就追上前面那几组先上山的老年队。但亚希彦明显拖了后腿，他们始终没能追上那些老年人，甚至连人家的后背都望不到影儿了。

从音碑山的起点碑开始到山顶，途中，等距离供奉着一些石头佛像。这些石佛，成了上山的路标。导游手册上建议，每隔两三个石佛，最好休息一下。亚希彦次次都期盼着可以到地就休息。

"休息频了，反倒会更累吧。"

奥山看到亚希彦汗流如雨，每次休息都会坐下来，一边用毛巾擦汗，一边大口大口地喝水，就委婉地提醒他。亚希彦听到提醒后，一点反应也没有。不过，奥山好像也没有气力和他较劲。

他们一行人的步伐宛如蜗牛，终于在中午时分，到了岳将宣手绘地图的七合目。如果是按照原计划，这个时候他们应该已经到达山顶了。

石佛路标旁，有块空地，勉强可以坐下两个人。其他地方，都是坡度很陡的山道。顺便说一下，亚希彦已经理所当然地在石佛旁坐下来了，过度地补充着水分呢。

奥山环顾四周，有点不知如何是好，就建议道：

"怎么办？已经到中午了，要不我们在这儿吃午饭吧？"

"是啊，如果我们勉强再往上走，一定也没有可以好好休息的地方吧。"

麻里同样拿不定主意，她表情呆呆地附和着奥山的提议。

"肚子饿了……可是,又没什么食欲。"

亚希彦是行动迟缓的主要原因,他在旁小声地嘀咕了一句。

你这个家伙!我们这么慢,还不是怪你!

奥山控制住自己,没有冲着亚希彦大吼大叫。但很是意外,章三这时开口说道:

"难不成,那里还有一条路?"

章三指着石佛背后,那里深草繁茂。

"在哪里?"

奥山怎么仔细找,也只看到郁郁苍苍的茂盛草木。

"啊,真的呢!"

麻里最先认出了那条路。亚希彦也很上心,他回头望了一会儿草丛,也很快地找到了那条疑点颇多的道路。

奥山感觉只有自己被排除在外,于是他慌忙走进草丛,仔细观察起来。他不由得大吃一惊,那些自然生长着的苍翠茂草前,其实挡着一块用草木编好的人工壁板。

"原来是用一块伪装成草丛的人工盖子,把这里挡上了。"

如果只是瞥一眼,肯定注意不到。把这个巧妙的盖子用手拿开后,豁然出现一条道路。

"这就是岳学长在邮件中提到的那条新路线吧?"

麻里异常兴奋地说道。

"一定是的。是条近路呢。"

亚希彦一直在盘算着怎么偷点懒,他马上接口,声音好像突然充满了力量。奥山却莫名地高兴不起来。

"那里有块大石头!"

眼前这条山路的中央,赫然挡着一块厚重的大石头,就其大小而言,正确地说,应该称之为岩石。

"你们不觉得,这块大石头好像是在阻止人们通行吗?"

奥山觉得这块大石头,就是个禁止通行的标志物。

"是不是谁特意放在那儿的?"

麻里说话的语气,看起来还是在想这个问题。而亚希彦却好似不经大脑就答道:

"应该原来就有的吧。"

"原来就在那儿?"

奥山紧跟着说了一句,但他带有怀疑的口吻。

"我总觉得,这块挡住去路的岩石也好,还是遮挡山路的草盖子也好,应该都是有人特意放的吧,以免登山的人,误打误撞走了这条路。"

"你想多了。"

亚希彦好像完全恢复体力了,他当即否定了奥山的想法。

"不过,我……"

奥山正要开口反驳亚希彦,这时章三却在旁边,像小学生要发言似的,举起一只手,说道:"我要发言。"

"一则,我们在这里没办法吃午饭。而接着往上爬,未必能找到适合吃午饭的好地方。这条路,既然岳学长也进去走过,我们要不要也试着往前走走看?如果走起来觉得有危险,我们就撤回来,怎么样?"

奥山把目光转向麻里,好像她也挺赞成章三的提议。这样,奥山虽然有些不情愿,但也勉强同意,一起探探这条新路。

这条隐秘着的山路,一直无人走,所以路两侧树木、杂草丛生,有一半都长到额头处了。因此,感觉好像在一条黑隧道中行走。或许是因为太阳几乎无法照射进来,这条土路泥泞无比,让人觉得这里是个地下洞窟,也不知道是不是因为前方太过昏暗了。

奥山是四个人里最抵触走这条路的人,但因为他的身份是队长,就要负责在最前方踩出一条路来,想想都觉得可笑。

绕过那块大岩石,虽然正是晌午,这条路的能见度却非常差。奥山必须全神贯注地盯着,缓慢谨慎地往前挪步。他一边走,一边再次琢磨起来:

就算是树枝遮挡了阳光,但这条路的氛围,还是太过阴森了。这种异样的阴气,非但无法让出汗的身体感到舒服,反倒是加深了寒意,丝毫也没有汗干了之后的那种爽快感。冷空气潜入肌肤,好像直接冰镇在皮肤内侧一样。这样,身体表面感到闷热,身体内部却是阵阵恶寒。奥山感受到的,只有这种不快感。

真想快点通过这里。

有了这个念头,奥山就开始加快脚步。就在这时,麻里在后面说道:

"这是不是岳学长的脚印?"

奥山的目光一下子落到土路上,看到就在他们步行这条路的旁边,的确稀稀拉拉地有几处痕迹像是脚印。

"看来岳学长发现的,就是这条路呢!"

麻里彻底安心了,她开心地说道。但这个声音传到奥山耳朵里,让他感到莫名的别扭。

尽管因为没有充足的太阳光射进来,道路一直潮湿着,但三天前的脚印还能留下来?

这就是奥山的第一感觉。他静静地观察了一阵,越是凝视,越是怀疑这个脚印就是新留下来的。

但这条路上,怎么可能会有新的脚印呢?

奥山会这么想,可能不仅是因为湿气大的原因,大概还有不祥的空气罩住狭长空间的因素吧。

话说回来,自己明明接受了和大家一起走这条路,为什么这种别扭劲儿却消失不掉呢?而且,自己还越发注意这些脚印了。

我究竟在介意什么呢?

奥山稍稍放慢了脚步,他频频观察泥土路上留着的这些脚印，终于发现了奇怪的事情。

这些脚印左右平衡很是奇怪！

通常情况下，不管是快走，还是快跑，左右两脚的间隔，几乎都是一定的。但这些脚印，怎么看都是错离的。而且，还有其他奇怪的地方。

右侧的足印要比左侧的新？

刚才自己断定足迹是崭新的，再仔细判定一下，应该说只有右侧是崭新的。和右侧比较起来，左侧的明显是旧脚印。

概而言之，左侧足迹是先留下来的，右侧足迹是几天后新留下来的。也就是说，这个足印的所有者，是用单腿行进的。如果只是一条腿，就意味着行走者要先把一只脚踏进这隐秘的泥泞土路，然后拔出来再走。应该就是这个情形吧。

独眼独脚的怪魔……

网上的那些关于音碑山的怪谈，一下子在奥山脑中苏醒了。

不会吧……

网上那些怪谈，奥山当然不会信以为真。但话说回来，不知为何，他也没办法付之一笑。之后再有一些宛如隧道般的泥路，估计奥山也会一边哇哇大叫，一边疯狂奔路。

奥山觉得眼前豁然开朗了，原来他们到了一块不大不小的草地前。草地的一侧，是个一圈都是芒草的诡异空间。如果忘记了是从音碑山七合目那边登过来的，或许会错误地以为，自己来到了一片河滩。

"这里有块岩石，刚好适合用来吃午饭呢！"

正如麻里说的那样，草地对面有块平坦宽阔的岩石，大小刚好适合四个人坐下来吃午饭。

大家很自然地都往岩石那边走去。虽然还没到山顶，但所有的人都步履轻盈。想到可以好好吃顿午餐，谁都挺开心的吧。

奥山先前，被那些讨厌的足迹搞得非常不安。这时他的心情，也稍稍好了一些。置身于优美的蓝天草地之间，奥山立刻觉得，自己刚刚的那些执念，实在是蠢不可言。

先填饱肚子，然后休息好了，就可以朝着山顶这个目标出发了。

奥山积极起来，身为队长的自觉意识再次萌芽了。但他觉得，离岩石越近，那种莫名的不安也越发强烈起来。

真是奇怪！

这块岩石，之前看起来像是个长方形的桌子。但清晰进入眼帘后，怎么看着像个祭坛呢？

让人怪不舒服的。

这只是块天然岩石，奥山却总觉得，它经过了人为加工。但又有谁，出于什么目的，才会往这儿放块岩石？这么一想，奥山只能认为自己太多虑了，但即便如此，这种挂念的心情依旧挥之不去。

奥山心里疙疙瘩瘩的，头绪有些乱。

"啊,在这儿了!"

麻里的声音非常开心。

"这一定是岳学长给我们准备的礼物。"

她一路小跑,到了那块平坦的岩石边,一扭身,转向奥山他们,摊开了自己的右手。

麻里手上,是块鸡蛋大小的石头,表面异常光滑,这一点也和鸡蛋比较像。那块石头,混杂着白、灰、黑三种颜色,不过,这种色彩搭配不但不暗,反倒有种莫名的沉稳感。

"真漂亮!"

不知道什么时候,亚希彦站到了麻里旁边,他手里拿着另外一块石头。

"真像是个宝物!"

亚希彦一边吐了句和他风格不相符合的台词,一边和麻里相视一笑。

"也有奥山学长的份呢!"

麻里这么一说,奥山瞅了一眼岩石,的确,那上面还剩了一块卵石。

"不,我就算了……"

虽然石头的造型非常漂亮,让人有种想要即刻握在手中的冲动,但奥山还是克制住了自己。

……瘆得慌。

和看到岩石平坦如祭坛时的厌恶感一样,奥山对那块石头的感觉也很不好。

这块石头，为何这般像个鸡蛋呢？

怎么才能得到这么光滑亮丽的表面呢？

话说回来，这块石头，是天然的，还是……

奥山正在苦苦思索时，麻里说道：

"您别客气呀！"

麻里好像误会了奥山的顾虑。她接着说：

"这是岳学长给我们准备的礼物，人人有份的。"

"哦，不过……"

奥山正不知道如何拒绝，等他再次细看，发现剩下的石头只有一块了。他即刻就说：

"只剩一块了，给章三吧。"

"咦？是哦，你这么一说，我才注意到，原来只有三块啊。"

麻里把那个平坦岩石的每个角落都看遍了，也没找到有卵石模样的东西。

"我没事。"

章三在离三人有点儿距离的地方站着，他又和之前一样，低着头，不看大家答了一句。

"你别客气啦！"奥山对着章三，把刚刚麻里跟他说的那句话，说了一遍。但章三还是边摇头边说：

"其实，很早以前我就有那种卵石了。"

章三都这么说了，奥山不知如何才好。但即便这样，他还是不想触碰那块石头。

"等下我们从这儿出发,还得重新整理背囊的。到时候,我再拿吧。好,我们先吃便当吧。"

奥山艰辛地找了个借口,总算把这个场合给糊弄过去了。

吃午饭的时候,麻里和亚希彦的心思全在卵石上。他俩又是互相交换石头,又是说,要和奥山换一下,但一会儿又说,还是自己这块好,又给换了回来。总之,他们聊天的内容,全都围绕着这几块卵石了。

奥山心想,如果章三不需要,就让他们中的哪位拿两块好了。看他俩的样子,不管哪个,都一定非常开心。

但吃完午饭休息好后,就要出发时,两个人却把第三块石头放回了岩石上。

奥山明白了,这块石头还得他来拿。

麻里和亚希彦都欢天喜地的,但对第三块石头,他们怎么一点兴趣也没有呢?

要不,就装作忘掉的样子走开吧。

奥山窥视着麻里和亚希彦,决定就这么处理了。

"还差一点就到山顶了。当然,途中我们也会休息的。但只会休息一次了。接下来,我们要加油登山了。"

对于奥山的这次打气,不光是麻里,亚希彦也罕有地精神抖擞地应了句:"好咧!"

"那么,我们就出发啦!"

奥山稍稍抢先一步，离开了那块岩石桌子。他很想快点离开这里。现在，他脑子里只有这一个愿望。

但没走几步，就听见正后面有人说了：

"给……"

他回头一看，只见章三把手上拿着的那块卵石递给他。

"啊，这块儿……"

奥山一时想不出拒绝的话，章三就把拿石头的手往前伸了伸，说：

"给您……"

"啊，我不要了。"

为了尽量避免麻里他们听到，奥山小声说着，一只手轻轻地在胸前摇手拒绝，他只想章三一个人知道，他不想要这块石头。

"给您……"

但章三依旧把石头递了过来。

"不要，我都说我不要了……"

"给您……"

这次章三一边说，一边慢慢抬起头。

……奥山第一次和他视线相对。

章三一只眼睛的瞳孔，也就是黑色的部分，异常大。周边几乎没有眼白部分，只有漆黑的瞳孔，向外延伸着。而另一只眼睛，情况则完全相反，瞳孔只有针眼大小。剩下的，全是超白的眼白。

只有一只眼睛异常漆黑。

网上的这个信息没错。但网上没说哪只眼睛是漆黑的，同样也没说哪只眼睛看起来全白。

"给……"

奥山强迫自己，从一直递给自己的那块卵石上移开视线。宛如黑洞隧道的泥泞土路，然后就是连接平坦岩石的开阔草地，草地上还有奥山四个人经过的痕迹。其中三个人都很正常，只有一个人明显不同。

他好像是用一只脚在走路。

"给……"

视线落在突然又递过来的那块卵石上，奥山的头脑开始混乱起来。各种疑点一一浮现，又一一消失。

岳将宣作为礼物的石头，怎么会放在这条秘而不见的道路上？他怎么能够预知我们一定会走这条路？

岳将宣为什么没有邀请他在新路线上结识的那些登山朋友呢？

如果岳将宣这次按原定计划一起登山的话，那么特急列车的车票，不是不够了吗？

又或是，岳将宣邀请了新结识的登山朋友？

然后，是他代替岳将宣参加了这次活动的？

这个新的登山朋友，就是山居章三？

在说岳将宣喜欢的登山场所时，章三用的是过去表达——"曾喜欢过音碑山……"

过神社鸟居时，章三是第一个站在石碑旁的，他是没去神社参拜吧？

岳将宣现在到底在哪儿呢？

"给……"

章三还在坚持把卵石递给奥山。奥山一心一意想要逃离眼前的恐怖，他接过了递来的那块卵石！只是不知为何，之后的记忆就相当模糊起来。

奥山记得，他们到达山顶时，比预定时间晚了很多。先是参拜了黑日神社的奥宫，在那里，奥山终于注意到，山居章三不见了！

但麻里和亚希彦，坚决否定有山居章三这个人。说岳将宣不参加了，就只是他们三个人来爬山的。其证据就是，亚希彦曾非常错愕，白白浪费了一张特急车票。

怎么会这样？

奥山无法相信他们说的，但看两个人的样子，一点也不像是在说谎。如果只是亚希彦一个人也就罢了，但麻里也这么说，看来是真的。

奥山醒过神来，又问了问卵石的事。两个人得意扬扬地取出卵石，相互拿在手掌上，很是享受似的翻转着。奥山迅速夺下来，连同自己的那份丢得远远的。

"喂！"

"奥山学长，你干什么呀？！"

两个人怒火中烧，想要去找那三块石头。奥山拼命阻止他们,加之下山大巴开始指令大家上车,奥山才勉强把两个人弄上了车。当然,他自己随后也上了车。

因为是下午,时间还早,所以大巴并不挤。但两个人还是没和奥山坐在一起。看来他们真的是生气了。总之,能先离开这座山就好,所以奥山也就随他们的便了。

章三这个家伙,到底怎么回事啊?!

奥山再次思考起山居章三的事来。想到坐上大巴,但还在山里面,奥山突然害怕起来。

离开这座山之前,就放空大脑,什么都别想了吧。

但什么都不想,好像更累。因此,眺望到山脚那一刻,奥山总算松了口气,同时顿感身心疲惫不堪。

不知为何,这时心绪又开始不安了。而且,随着大巴向前开,这种不安更加强烈起来。奥山搞不懂,已经离开这座不祥之山,为何这个念头还是挥之不去呢?

莫非是……

奥山慌忙查看衣服口袋,又检查了背囊里面,果然看到了那块卵石。本来是和那两块卵石一起丢掉的,现在它却躺在背囊的最下面。

他慌忙打开车窗,把那块卵石丢了出去。奥山想要提醒一下麻里和亚希彦,但他猛然觉察,大巴已经开离音碑山的范畴了。虽然没看到境界线,但应该没有错。

奥山和那两个人一起坐到了S车站,途中多次和他们搭话,但那两个人都没理他。这说明,他们两个最终也没注意到，那两块卵石已经自己跑回来了。

第二周，奥山几乎在同一时刻，接到了麻里和亚希彦发来的手机短信，内容都是邀请奥山一起去爬音碑山：

"山居章三君会给我们带路的。"

奥山没有回他们的短信，还设定了拒收两人短信的模式。所以，麻里和亚希彦后来怎么样了，他一概不知。他只是非常担心，会不会有哪个人替代自己去赴约呢？会不会还是四个人一起去爬那座山呢？

他多次尝试联系岳将宣，但电话总也打不通。几次询问打工的地方，找到了岳将宣住的地方，但不管什么时候去，都没人在。邮箱里塞了一堆报纸，最近一段时间的，都塞不进去了。可见，岳将宣已经很久没回来过了。奥山向打工的地方询问岳将宣老家的地址，打工的地方没人知道。

奥山胜也大学毕业后，留在东京就职了。之后，不管是谁，怎么邀请他去爬山，或是去山区游玩，他都一口回绝。

"爬着爬着，会不会和谁不期而遇啊……"

据说，他是恐惧到无法再去爬山的程度了。

※

这个短篇完成后，有一次和责任编辑聊天。我就解释了一下，故事中的登场人物——"山居章三"名字的缘由。编辑觉得有意思，让我务必写进去。尽管知道有点画蛇添足，还是把这个解释写下来了。

"山居章三"，这个名字中，"山居"两个字的日文读音是YAMAI，和日文"病"（YAMAI）的读音刚好相同。而把"疒"字旁和"章"字结合，就是"瘴"字。"三"和"山"在日文中，也是同音字，把"章三"反过来读，就成了"山瘴"。

"山瘴"就是山中瘴气或山间毒气的意思。

不要在逝者旁睡着

25岁左右时，我还是个初出茅庐的编辑。那时，曾参与编纂过系列书籍——《思考医疗和宗教之丛书》。因为不是企划者，所以我没有整套丛书，也没存留当时的资料。下面这些内容，虽然有不确切的地方，但基本上是八九不离十。

日本曾邀请到一些平时和日本交流较少的医学界、宗教界一线专家，就器官移植和晚期治疗等方面的疑难问题，从多个维度进行主题演讲。我所在的D出版社，负责系列演讲稿的编辑出版工作。我当时负责编辑一到四册，五到六册应该是由其他编辑负责的。丛书的基本架构是，选取四次演讲稿汇编成一册。我每次构思单册题目时，都会一边回顾演讲时的情形，一边选取演讲稿。后来，不知是会议活动越来越少，还是D出版社撤出来了，总之出版情况进展得并不顺利。

每次组稿，我都会亲力亲为去现场感受氛围，不只是坐在那里浏览演讲后的文字稿。因此我强烈地感觉到，虽说是同一主题的系列演讲,但医学界和宗教界之间是相互"隔绝"的,这一点颇具讽刺意味。当然这样的会议,也是因为医学界和宗教界,此前相互交流的机会很少,所以才会诞生的吧。就此而言,至今我仍然觉得,发起这一系列的演讲,具有很大的意义。

医疗工作者每天都是在医院现场接触生死,宗教人士大多是人死后才与其发生关联,他们演讲时,言语的分量完全不同。一线医生,通常会一边举实例,一边具体阐述。而宗教人士,则习惯用其信仰的宗教思想,进行抽象阐述。大家可能觉得,医学和宗教,有这种区别是理所当然的,但如果穿插着听他们的演讲,会觉得后者说的内容,实在是空洞无物。

顺便说一下,系列演讲并没特定邀请哪类宗教人士参加。不过,毫无疑问,邀请到的主要还是日本佛教、基督教的各派人士。其中内容最为空洞的,要数几位日本佛教界人士做的演讲。和佛教相关的人士,几乎都是大谈特谈檀家制度。听了他们的演讲,就会明白,为什么人们会把佛教嘲笑成"葬礼佛教"。虽然,系列演讲的主题,是思考医疗和宗教的关系,但突然要求佛教界人士切实谈谈医疗问题,大概他们也无法做到吧。基督教界的演讲者,因为有着开办临终关怀医院的历史,所以他们思考医疗和宗教的关系时,内容还是有所不同。

临终关怀医院,可以上溯到中世纪的欧洲。最初的起源是，那些兼具旅馆性质的小型教会，看护因病无法继续旅途的住宿者。这类场所，逐渐被称为hospice，即临终关怀医院。神职人员无私照顾病人的行为，被称作hospitality，即殷勤招待的意思。据说，hospital，医院这个词汇就是这样诞生的。今天，在社会福利设施进行的临终关怀，以及在家看护临终者的行为，都被称为临终关爱。

因为做出了实际成绩，基督教的演讲者，自然会结合实际病例谈论宗教思想。与其听闻动人心弦的高明教义，还是结合病例，谈论宗教思想的演讲，更具说服力。这或许是因为，宗教者只有置身过生死边缘，才能道出宗教与医疗相处时的苦恼与自信吧。

佛教人士曾和我抱怨临终关怀医院的事情。他们说，神父和牧师出入医院，没人会说什么。但和尚穿着僧服进出医院，就很麻烦，就会引起骚动，会被人问"到底是谁过世了呢"。但我想说，一手造成今天这局面的，要归咎于日本佛教界自身，是他们自己让佛教沦落成"葬礼佛教"的。按说，寺庙的大门原本应该经常敞开，成为不问来者是谁，任何人都可以过去倾谈的场所。但现在的寺庙，只有办丧事时才会打开门，其他时间，都是大门紧闭。也是因为这样，佛教界人士在讨论医疗和宗教的关系的演讲会上，基本无法说出什么让听众受益的内容。

在此我慎重声明，基督教把"神"当作绝对的存在，而佛教主张人人都能成"佛"。我个人觉得，佛教的这种主张更亲切些。只是这里讨论的,是另外一个层面的问题。

佛教界中也有人积极行动,以求改变令人担忧的现状。"精舍临终关怀"就是其中一例。梵文中,"精舍"是指寺院和修身的场所。在日本,"精舍"成为佛教临终关怀医院的代名词。"精舍临终关怀"的相关活动,是医学和宗教演讲会召开前三年开始的。这的确是个与时俱进的行动。当时的确是有这样一群年轻僧侣,他们一边推进"精舍临终关怀"活动,一边思索着,如何把佛教和医疗一线的工作结合起来。

遗憾的是,"精舍临终关怀"活动,其后并未在佛教界推广开来。忘了是汇编第几册演讲稿了,当时想以临终护理作为题目,副标题想定为"临终关爱和精舍关怀",但我的这个策划,遭到基督教演讲者的强烈反对。他们的观点就是,二者的历史和实际成绩,相去甚远,完全不可以相提并论。当时,我还觉得这些基督教演讲者的心量太小,但事到如今,回头看看,或多或少也能理解他们的心情了。

短篇开头,写这些内容,是有原因的。今年春天,奈良新叶中学举办了同学会。这次不是班级聚会,而是整个年级的聚会,所以,看见了许多熟悉的面孔。顺便提一下,我在拙作《作者不详》中,把新叶中学改成了"绿叶中学",主人公被鬼怪追赶,藏身的地方就是这里。

我离开关西已经很久了,和其中的很多人都是阔别几十年了。和他们一起度过的时光,短暂且快乐,其中印象最深的，就是和三年级同班同学K之间的对话。

K以前很胖，现在苗条了。得知我当了作家，她信心满满地说："果然和我想的一样。我一直觉得，三津田君会成为一名作家的。"

我很吃惊，问她：

"为什么会这样觉得？"

K说，因为我在班级日记里，写的几乎都是神秘话题。

K说的班级日记，是当时同班五六个人之间传阅的交换日记，大概一周传一圈。大家默认，除了班级成员，即便是老师，也不能看，所以在里头写什么都可以。可以说，班级日记是班级成员间加深友谊的一个手段。

K说，我在班级日记中，津津乐道的，全都是些神秘事件，我还在那里热血执笔过人生的第一部作品——《绿馆杀人事件》。K认定我会成为一名作家，虽然她的想法有点武断，但看到她由衷地为我高兴，我也非常开心。

我们简单地聊了聊毕业后各自的生活。交谈中，我得知K当过护士，话题也就转到了思考医疗和宗教的关系的那套系列丛书上了。同学会快要结束时，K聊起了她妈妈生病住院时，同病房住着一位超奇怪的老人，这个话题勾起了我的好奇心。

K的母亲，在市内S医院康复病房楼住院。但她妈妈的状况，和病房楼名字相反，完全没有可以康复回家的迹象。之前还可以吃点流食，但主要是靠输液来维持生命。去看她的时候，大多是在睡觉，K会喊醒她，和她聊会儿天。但听不清她说什么的情形日渐增多。慢慢地，连流食也不能吃了，话也说不出来了，睁开眼睛也认不出K是她女儿。再过不久，就光是睡觉。K神情忧郁地说，妈妈现在已经到了家人要做出抉择，是否还要依靠输液维持生命的地步了。

过往曾荣光无比，现在却是一片萧条，S医院就坐落在这样一条商业街中。它和周围的店铺一样破旧，一股冷清清的氛围。加之，院长傲慢无礼，总让人觉得这家医院不太可靠。K的母亲起初是在市立医院住院，那里的设备、医生以及护士都很好，K觉得把妈妈交给他们很是放心。然而，让K的母亲转到S医院的，也是市立医院的医生，聊起这些，K的心情似乎颇为复杂。

听K说完后，我想起了上小学时的一件事。商业街附近的一个小学生，在S医院接受盲肠手术后死掉了。有一天，我在学校听到了这个消息。我不知道真正的死因，不好说些不负责任的话。但孩子间即刻传起"做个盲肠手术，也能把人做死，S医院的医生真是个庸医"这类流言蜚语。当然，我不能和K说，我想起的这些事情。况且当时的医生大概已经不在那里工作了呢。不过，单凭人们对现任院长的评价，似乎院风并无太多改变。只是我觉得，K本来就不信任这家医院，我不可以再给她增加新的不安了。

K说，不知道是不是因为S医院康复病房楼，相似的患者很多。她每次去探望母亲时，都觉得那里格外寂静。最初，双人病房只安排了K母亲一个病人，有时夜里坐在床边，K觉得楼里只有她们两个人，顿时会觉得阴森森的。而且，时不时还会隐隐约约传来一些声音，就更瘆人了。

"救救我啊……救救我……救救我……救救我。"

一个晚上，是个女的微微弱弱的声音，持续了好一阵子。还有个晚上，是个男的总在嘀嘀咕咕：

"讨厌，那个来了。……不想见的，偏偏又来了。"

这个声音，一直传到耳边，令人不禁毛骨悚然。

K做过护士，所以对一些小事不会太在意。然而，她总觉得这次状况不同。但转念一想，她又觉得，自己的这种异常感觉源自病人是自己的母亲。她想，即使自己当过护士，但这次住院的，是自己的母亲，心情自然不同。她冷静下来，觉得还是自己太过神经质了。

按规定，下午1点至晚上8点可以探望病人，幸好医院管得不严，她基本上都是上午去一次，晚上再去一次，每天会过去两次。

K是全职主妇，虽然有两个孩子，但也都大了，不用太操心了。丈夫在政府机关工作，对她每天过去两次，也表示能够理解。因此，某种程度上，她能自由地支配自己的时间。

一天晚上，她像往常一样，来到病房，发现门上住院患者的姓名牌多了一个，上面写着"鹿羽洋右"，好像有新病友住进来了。原本可以当作单人间来用，现在却住进来新的病人,这个时候一般人都会觉得遗憾,但K不那么觉得。母亲喜欢动物,而且最喜欢奈良公园的那些小鹿。新病友的名字中有个"鹿"字,她觉得这是个好兆头。

她轻轻推门进去。昨天还空着的右边床上,躺着一位80岁左右的老人。看见老人两个眼睛睁得大大的,K马上和他打了招呼。

"晚上好。我是隔壁床的女儿。以后要麻烦您,多照应照应我妈妈啦。"

然而,老人没有任何反应。原来,他虽然睁着双眼,但眼神放空,根本不是在确认K是否存在,甚至可以说,他都不知道K进来了。

这位老人家的病情好像比妈妈还严重呢。

K这么想着,慌忙把视线移向别处。看着那位老人,就会觉得母亲不久也会变成那个样子,K忽然一阵心酸。

两张床,都是侧面靠墙,床头和窗户之间,各自放了一个收纳架和一张圆椅。K在收纳架上放了个盒子,经常往里边补充些成人尿布和纸巾。那张椅子,当然是给探病者准备的。

两张床之间,要两个人侧着站,才能勉强进出。新病友住进来之前,K没觉得很窄,现在突然觉得床之间的距离好近。她多次重新调整椅子,尽量坐得靠母亲床边近些。

不久,她可以把注意力从背后老人那里,转到眼前母亲这边来了。那天夜里,从K进病房时起,母亲就一直在睡觉。平时的话，她能感觉到女儿来了，或早或晚都会醒来，但现在完全没有睡醒的迹象。不仅如此，好像还在做着噩梦，歪着头，十分痛苦的表情。

莫非母亲的身体，出现了什么异常状况？

因为以前从未见过母亲这样，K有些担心。但根据之前做护士的经验，好像又不用特别担心，母亲也许真的只是做了个可怕的梦。

"妈，你没事吧？是我呀！"

K把手搭在母亲瘦弱的肩上，轻轻晃了晃，拍了拍。过了一会儿，母亲的表情逐渐平静下来，K这才把心放了下来。

这样说来，她突然想起，自己小时候被噩梦魇住的时候，母亲总会温柔地一边拍打她盖着的被子，一边安慰她："没事，妈妈在这儿呢，别怕。"现在情形反过来了。K的心情有点五味杂陈，这时不知哪里，又冒出叽叽咕咕的说话声。

又是哪个病房的病人吗？

K起初这样想，后来意识到这奇怪的声音，好像是从背后传来的，她不由得吓了一跳。慢慢扭过头，才发现那位老人，头也转到这边了，正瞪大了眼睛看着自己。老人的眼神，不像刚才那般呆滞了，双眸明亮，明显是认出了K的神色。

"晚……晚上好！"

K慌忙打了声招呼，老人不顾K的寒暄，继续絮叨着。老人确实是在和她说话，但内容毫无要点可言。当然，其中有吐字不清的原因，但这不是主要原因。自己和他素不相识，这位老人家想要和自己絮叨些什么呢？

他是患了老年痴呆症？

老人家或许是把K误认成谁了。或是看见谁坐在身边，就想当然地认为对方是自己认识的人？不管怎样，老人家一定是把K当成熟人，才会聊起来吧。

不知为何，K无法说服自己接受这个解释。那位老人一边盯着自己，一边说着什么。K越是看这位老人，越发觉得如坐针毡。她很纳闷，自己怎么会有这种奇怪的感觉？

……总感觉哪里不对劲儿。

K突然明白了。虽然她说不清楚，但总觉得眼前这位喋喋不休的老人，身上存在着某种别别扭扭的感觉。

老人可能觉得K对自己说的内容感兴趣，越说越起劲，甚至还有点饶舌。他好像要传递些什么信息，但颇具讽刺意味的是，老人家的热情太过高涨，导致语速加快，反倒听不清他在说些什么。

"您别急，慢点说。"

最终，K还是说话了，她毕竟曾经当过护士。

既然都到这地步了，虽然不情愿，K也只能继续听老人的叨叨了。不用说，她每天主要还是先探望、照顾自己的母亲，但除此之外，也要听邻床老人的絮叨。即便哪天不想听,对方也会自顾自地絮絮叨叨,K对此也是毫无办法。母亲醒着的时间越来越短,而K在病房待的时间也越来越长,这倒是有助于她拼清老人家的那些奇言怪语了。

最初,她虽然能听清老人的吐字,也能理解他说的内容,但还是搞不懂前后逻辑。感觉老人家完全无视时间顺序,只是支离破碎地说些事情片段。

毕竟天天都往医院跑,有些内容,老人家反反复复说了好多遍,听着听着,整体状况也就清晰起来了。

这个人喋喋不休的,是他孩提时代的经历!

虽然搞不清具体是几岁时的事,感觉10岁左右吧。但就他说的内容,年龄或许要再大一些。总之,老人是回到了孩提时代,用第一人称"我"述说着那个时候的经历。

这么简单的事实,K起初怎么也没搞懂。这要怪她误以为,这位80岁老人用"我"讲述的,其实并不是老人眼前的经历,而是老人家童年时的经历。

自己感到别扭,就是因为这个原因?

K刚想认同了这种说法,却又再次觉得奇怪。老人身上的那股别扭劲儿,非但没有消除,反倒更加强烈了。

哪里不对呢?

不知不觉间,她觉得老人很可怕。话说回来,她只知道老人的名字,其他情况一概不知。她每天早晚两次去病房照顾母亲,但其间一次也没看到有亲人或其他人来探望过老人,这十分古怪。K每天探病的时间点,并不是固定的。有时会早一两个小时,有时会晚一两个小时。即使如此,她从未见邻床有谁来探望过,这实在是太奇怪了。或者说,老人是单身一人,举目无亲?

K委婉地问了一位认识的护士,护士只是含糊其词,什么也没和她说。当然作为护士,患者的个人隐私不能随便透露,但看那个护士的表情,K总觉得其中似乎另有隐情。

另外一件比较瘆人的事,就是这位老人家打点滴时的速度快得离奇。同样是500毫升的点滴,患者情况不同,输液速度也会不一样。K知道这个常识,但即便如此,她还是觉得那位老人家输液的速度异常快。护士来换点滴时,她直截了当地问了一下,护士依旧是岔开话,没正面回答。

而最让人害怕的,是老人不断重复的那些内容。为什么他光说那些经历呢?为什么他要和素不相识的K倾诉这些事呢?他只不过是碰巧和K的母亲入住同间病房,病床相邻而已。

老人有时,好像完全不知道K的存在。也有可能是他本人,完全都不清楚自己是躺在S医院的病床上。他之所以不停地絮叨,大概是因为,头脑中不断恍惚出现些童年时的可怕经历,他是在不断地体验着那些可怕的经历吧。K之所以这样想,是因为老人屡次说出求助的话。这样一来,她就更害怕了。

然而,无论多么讨厌这位老人,K也不能把老人赶出去。没有正当的理由,也没办法把母亲换到其他病房。而且,还没到要让母亲转院的地步。因为是她觉得老人可怕,而不是母亲。

……真的不会是和这位老人有关系吧?

自从这位谜一般的老人搬进来之后,母亲病况明显恶化。首先是,母亲醒来的时间越来越少。即便偶尔醒着,多数时候也很难沟通。而且,她经常会表现出很害怕的样子。睡着的时候,似乎也在不停地做着噩梦。母亲的状况突然恶化,会不会和这位老人有什么关系呢?

K的不安,与日俱增。她真不愧是当过护士,有时她也会嘲笑自己太过愚蠢,自责自己疑心太重。但另一方面,正因为她当过护士,所以她更清楚,人类用理性无法思考清楚的怪异经验,实在是数不胜数。而且,那位老人的絮叨,实在是太过古怪、太过可疑了。

我在同学会上遇到K的时候,她正处在这种心绪不安的状态。

我说想去探望她的母亲,并直言不讳地和她说,我对同病房的那位老人很感兴趣。原以为K一定会非常生气,没想到她却露出欣慰的表情。

"虽然和丈夫说过一次,但他不肯听我说。还说,那位老人那么可怜,我却把人家说得像死神似的,把我狠狠地批了一通。"

"啊,您先生的这种反应,也很正常。"

K听我这么说,不由得苦笑起来。随后,她提出了一个惊人建议。

"如果能做小说素材,我可以把那位老爷爷讲的内容,说得更详细点。"

我当然表示完全同意。只是同学会后,我们的时间都不方便,所以就决定先用邮件进行联系。

之后大概过了一周,我收到了K的邮件。K在邮件中,简单地寒暄了一下,同时添加了附件。K在附件中,大致按照时间顺序,简单地整理了老人说的那些事。但这样,文章前后仍有不连贯的地方,她在空隙处又写了些补充。对此,我很是钦佩。反反复复听老人家絮叨了几十个小时,K已经可以通过想象,捕捉到老人的言外之意了。

在这些文档的基础上,我们又通过邮件进行了多次沟通。其中最为困惑的就是,老人经历这些事情时的年龄。K判断是10岁左右,而我觉得应该再大些。老人叙述中的少年,肩负着非常重要的事情,就此而言,至少是老人十四五岁时经历的事情了。但这样一来,又有了新的矛盾。叙述中,孩子说话的口吻,又很稚嫩,感觉还是个10岁左右的孩子。结果,还是不能完全确定具体的年龄。但后来想想,老人家10岁左右时,是昭和十几年吧,那个年代的孩子,在精神上,要比现在同龄的孩子可靠多了,大人嘱咐他们干些重要事情,也是可能的。这样,推测他的年龄在10岁左右,也就说得通了。

大概是因为老人的叙述不到位的地方太多了,虽然K已尽力补充，但我还是觉得，难以把这些内容汇总成一个故事。我刚发邮件抱怨了一下，K马上就回了一封邮件。

"这些地方，单凭作家丰富的想象力，无论如何也应对不了。"

我对自己的想象力是否丰富表示怀疑，但的确是决定加些想象力。因为我认为，即便是别人的真实经历，但作家把这些经历写成小说时，多多少少都会添加些创作成分。

最后一个问题是，如何处理那些怎么也听不懂的词汇。尽管删去了老人讲述中不够明确的地方，仍有几个词语，多次听老人说，却怎么也听不懂。

其中，最在意的是，"keitai"这个词，这个词的前后，没有合适的动词搭配着，无论是写成"挟带"，还是写成"携带"，抑或是写成"鞋带"，感觉都不搭配。觉得是随身携带的意思，但他带的是什么呢？又或者，老人是想说，自己当时什么都没携带？关键的部分，老人没说清楚，还是一团迷雾。但我们推测，老人是回到自己的孩提时代，以少年的口吻讲述着什么，这一点是没错的。这样一来，刚刚那几个词语应该都不是。

莫非是老人口误，把"结滞"说成了"keitai"？又或者，他是想说"懈怠"？"结滞"是说脉搏不规则，"懈怠"是指懒惰。这两个词，好像也不是那个年龄段小孩子会用的词汇。

此处有说服力的音是"keittai"。这个词语在关西方言中是"奇怪"的意思。它的用法有奇怪的神情、奇怪的行为举止、奇怪的措辞等。尽管老人的出生地不明，但从入住奈良地区的医院来看，他很可能是关西人。

这样解释，仍然无法解开谜团。少年带了什么奇怪的东西呢？

这些推测都行不通的话，就只能认为老人说的这个词，是某一地区特有的风俗习惯用语。从嘱咐少年做的事情，以及少年祖母的行为举止加以推测，这个解释似乎更加有力。然而，遗憾的是，我所查找的词语中，没一个是符合上述推测的。如果知道老人的出生地，或许还有其他调查方法，在老人讲述的过程中，好像一次也没提到过具体的地名。

哦，不对，他曾提到过一个很像是地名的词语。

"纽如乌市"。

当然，我也不知道，老人的发音以及我用来注音的文字，是否正确。只能说，听起来大概是这些音。我用这些音，试着查了一下，根本找不到任何线索，甚至都找不到相似的地名。因此，我曾一度怀疑，老人说的是个外国地名。但是，从少年负责办的事儿来看，应该不是在国外。

和K商量后，我们决定删除掉所有意义不明的词语和表达方式。我们觉得，即便删掉这些地方，也不会影响重新建构老人讲述的内容。

围绕老人讲述的经历，我们进行了多方探讨。整个过程非常刺激，让我感到非常兴奋，终于到了要确认收尾的阶

段。我告诉K可以收尾了,她这样回答我:

"只是把先前整理好的那些内容写成小说,就很可怕了。"

下面,就是老人奇妙经历的完成稿。

我在执笔过程中,突然想到了一个假说。不过,这个假说还是放在后面再说吧。因为我害怕,这个假说太过荒诞无稽,K会无法接受。

少年究竟经历了什么呢?希望大家和我一起想想。

※

少年醒来时,觉得母亲和祖母的样子很奇怪。他午睡期间,好像传来了讣告,据说是某个远房亲戚去世了。

只是,少年能够理解的也就这些了。他对遭遇不幸的那家人,以及去世的亲戚都不熟悉。一方面因为他还是个孩子,另一方面也是因为父母和祖母平时都不太喜欢和亲戚来往。家里即便有些什么事情,通常也都是家人自己搞定。因此,少年和亲戚们都不大熟。

他和朋友说,他家不太和亲戚们来往,朋友知道后,大多会把眼睛瞪得圆圆的,感到非常惊讶。朋友们都说,平常和亲戚交流少,还可以理解。但如果连有哪些亲戚都不知道,就有点奇怪了。不过少年家中,很早以来就是这样。因此，他今天对有亲戚去世也没放在心上。他以为，这次讣告一定也会由父母出面进行处理。

但父亲正在出差，不能立刻赶回来，母亲感冒，还在发着烧。几日前，祖母外出时，摔倒扭伤了右脚，现在还没有痊愈。也就是说，这次家中的大人们，没人能去参加葬礼或是守夜。

少年以为，只要把家中的情况告诉对方就可以了。他觉得，先前和亲戚们交往不密，这样做也无可厚非。

然而，令人意外的是，这次的情况不同。母亲和祖母说了几句悄悄话，然后和少年说了句让他意想不到的话。

"你能把吊唁礼金送去那个亲戚家吗？"

对少年而言，这是他第一次知道那位亲戚的存在。而且，他除了学校组织的郊游，还没出过远门。可是，母亲完全不理会少年的不安感，说道：

"我会写封信，把祖母、爸爸、妈妈不能参加的理由告诉对方，你把这封信和吊唁金一起送过去就可以了。"

"两个一起寄出去就好啦。"

要去陌生人家，而且那么远，还是自己一个人去，一想到这些，少年不由得这样回应道。

"这真是……"

他看见母亲立即转身，和在后面给她撑腰的祖母，用眼神交流了一下。

"这次不能那么做啊……"

结果,什么也没改变。少年察觉出,这是大人们有事不能和小孩说。

"虽然有点远,但这点事,你还是能做好的。"

他低下头,母亲认为他答应下来了,迅速写好了信。

……这事真麻烦啊。

看到少年闷闷不乐,祖母小声说了句:"过来祖母的房间。"

少年按照祖母的吩咐,去了她的房间。看见祖母缓慢地开始准备"狐狗狸"的仪式,这让他感到很吃惊。

祖母在白纸中央画个简单的鸟居,在鸟居左右分别写上"是"和"不"。在左上方,顺时针地写了五十音。然后,在鸟居处放上一枚硬币,"狐狗狸"的占卜准备就算做好了。

在人生节骨眼上,或是一些重大活动前,祖母一定会请"狐狗狸"进行占卜。据说,"狐狗狸"多次帮过他们。这些不可思议的话,少年常听家人提起。但他印象最深刻的是,父亲还是一名小学生时,一次去九州修学旅行前,进行占卜时得到的神谕。

"Bu yao cheng zuo mao。"

这个神谕,如果直接解释,就是"不要乘坐猫"的意思。按计划,父亲是坐电车去九州,到了当地再换乘大巴。不过,大巴是包租,上面应该没有猫。或许是电车上,有哪位乘客会带猫吧。

因此，父亲一上电车，就开始环视车内。但是，完全没看到有装着猫的笼子什么的。到达九州后，乘坐的大巴也没什么异常。

难道说这次占卜会不准？

父亲一直紧绷着的神经，刚稍稍放松了些。换乘第二辆大巴的时候，他突然看到了司机的名字。

"根子胜之。"

"这，这个怎么读呢？"他声音发抖地问道。

司机笑着回答说："植物的根，孩子的子，不过，'根''子'放在一起，要读作'mao'。"

父亲突然感到害怕，当即转过身下车，无论老师怎么哄，他都不肯上那辆车。最终，他还是上了后出发的其他班级的大巴。

父亲所在班级的车是先出发的。途中，因为司机操作失误，掉进了山崖，孩子们或轻或重都负了伤。据说，如果父亲坐了那辆车，他那个位置，一定会受重伤。搞不好，还有可能会死掉。

少年听过这件事后，内心强烈觉得"狐狗狸"很可怕。按说，"狐狗狸"救了父亲的性命，自己应该喜欢它才对，但不知为何，少年心中有的，只是恐惧。

是因为"狐狗狸"带来的都是些和恐怖相关的神谕？

对他而言，"狐狗狸"就是一种恐怖的存在，少年想尽量不要和它发生关联。

孙子平时就不喜欢"狐狗狸",可祖母为什么还要请"狐狗狸"呢?因为不知道缘由,少年更是坐立不安。不就是带封信和吊唁金,送到办丧事的那个亲戚家吗?有必要特意请"狐狗狸"吗?难道这回真的是件挺大的事儿?

当然,对少年来说,这是件大事。如果可以,他也不想去。只不过,他看不出来,母亲和祖母会同意他不去。她们或许认为,这件事责任重大,但他还是可以做好的。

要是相信自己,祖母为何还要请"狐狗狸"呢?这难道不矛盾吗?

祖母把硬币放在鸟居上,然后把右手的食指放在上面,敦促少年也照着做。少年第一次做,有点迟疑。祖母催促道:"动作快点!"他终于战战兢兢地把右手食指放在硬币上。房间立刻响起请"狐狗狸"用的那套说辞。

祖母说了许多遍"请您现身吧",硬币终于开始缓缓移向"是"字那边。少年很是震惊,噌地想要站起来。祖母即刻大声呵斥道:

"坐下!"

少年吓了一跳。

"'狐狗狸'返回鸟居之前,无论发生什么事情,都不能把手从硬币上拿开。明白了吗?"

祖母看他彻底明白了这番忠告后,才又开始说那套说辞:

"'狐狗狸','狐狗狸',麻烦您把神谕赐予我的孙子吧。"

祖母像念咒语一般,重复了好几遍同样的话。

然而,无论祖母怎么请求,硬币都一动不动。祖母非常惊讶,一副难以置信的表情。但她仍然执拗地重复着。终于,硬币又开始移动了。

"Hen……ke……pa。"

显示出这些内容后,硬币啪的一下又不动了。

"Hen ke pa,是说很可怕吗?"祖母追问道。

这次,"狐狗狸"很快就做出了回应,往"是"那边移动。

"可怕的东西究竟是什么呢?"

虽然祖母继续追问,但硬币再次一动不动。

祖母坚持不懈地追问。硬币上再次画出Hen ke pa这些内容。但祖母毫不气馁,反复追问同样的问题。这样一来,少年开始觉得,祖母比"狐狗狸"还要可怕。

这样的追问,不知持续了多久,在祖母快要坚持不下去的时候,硬币突然开始画出新的内容。

"Bu……yao……he……si……shi……yi……qi……shui……"

"si shi,是指死尸吗?"祖母当即追问道。

但是,无论祖母怎么追问,问了多少遍,"狐狗狸"都不再回答了。直到祖母说"您请回吧",硬币才又动了起来。

请"狐狗狸"的仪式结束后,祖母陷入了沉思,并且嘴里还唠叨着。

"说到死尸,只有去世的那位亲戚吧。让这孩子和他一起睡觉,这种事压根不会有吧。"

祖母边说边盯着孙子看,突然说:"不对,不对,不可能……"

她好像很是害怕,一边摇头,一边开始教少年乡下葬礼的规矩。其中,让他最为恐惧的是"汤灌"这种仪式。

所谓"汤灌",是指很多地区用布清洗逝者的身体。不过,这个活儿,现在多是由殡仪馆的工作人员代劳。只不过,在一些老风俗保留得较好的地方,还有更多繁杂的丧葬仪式。比如,守夜那个晚上,亲戚家人要一起在尸体旁睡觉。祖母说,等下他要去拜访的那家亲戚家,未必会这样做。但即便他家保留了这样的风俗习惯,少年也完全不必那么做。因此,祖母告诉他,不必担心。那么,"狐狗狸"的神谕到底又是怎么回事呢?

看到少年不安的神情时,祖母态度严肃地忠告他:

"守夜那天晚上,为了防止香烧断了,会有人守在尸体那儿。但那是他们家的事,和你无关。所以应该没事,万一他们让你帮这个忙,你记得,一定要拒绝。记住了啊。"

"和死尸一起睡。"

祖母能想到的,就这两种状况了。

这时,母亲拿着他的背囊出现了。背囊里装着住一晚的换洗衣物、一封信以及吊唁金。

"电车换乘,还有到了那边车站后的地图,都写在这里了。"

母亲说完后,把一张纸和交通费递给了少年。

"路上小心!"

"不要忘了'狐狗狸'的告诫啊。"

在母亲和祖母的目送下,少年步伐沉重地迈出了家门。

本来任务就很重大,况且还是少年第一次独自旅行,再加上那个瘆人的"狐狗狸"的神谕,少年难免会步履沉重。

但到了车站,坐上电车后,随着离家越来越远,少年开始情绪高昂起来。虽然仍有点紧张,但不知为何,他觉得心情愉悦。虽然坐着电车去个不太熟悉的车站,好像也没什么特别不安的。不如说,这反倒激发出他的冒险心。

在一个大车站换乘一次电车,然后到了一个地方小站,又换乘了一辆稍稍有些破旧的电车,少年的心境一直不错。但等到这辆电车开始驶向荒凉乡间时,少年的心情不再愉快了。

这辆电车的座位是面对面的,一排能坐两个人。少年从未坐过这样的座位,他先是注意到了一些小事情。虽说不是对号入座,但说来奇怪,他还是有些担心,小孩子能单独坐吗?选座位时,看到乘客并不多。这种情况下,按说坐哪儿都行,但他总觉得有些不安。一坐下,就看不见车厢里的其他乘客了。过道对面的位置上,也没坐人,少年觉得整个车厢就他一个人了。

少年从车窗往外看,只能看见薄暮覆盖着的低矮群山和广阔田野。太阳刚刚还流景扬辉,现在已是暮气沉沉。又过了几分钟,夕阳西下,夜幕徐徐降临。放眼望去,窗外的风景更是凄凉沉闷。

没有其他消磨时光的方法,少年只能望着窗外。要知道是这样,还不如拿本书了。虽然他不是喜欢读书的人,但这会儿,还是后悔没带上一本书。

少年傻愣愣地把视线挪到车窗,没想到有个人影映现在玻璃窗上。过道上似乎有人走过。但是,那个人没有继续往前走,而是在座位旁停了下来,然后凝视着少年。

……咦,什么状况?

玻璃窗上的人影,看起来是位上了年纪的老人家。他有什么事情吗?或者,他需要帮助吗?

少年回头一看,吓得差点喊出声来。

老人坐在了他的对面!

这个人刚刚好像还站在过道上。因为他的影子映现在玻璃上,所以这一点绝对没错。而少年刚转过头,老人就已经在他跟前坐下了。他身旁规规矩矩地放了一个旧旅行包,上面写着姓名牌。如果是小孩子,就另当别论了,但如此年长,按说动作不会这么麻利。

少年颇感茫然,这时老人却开口说话了:

"喂,走了吧?"

老人所说的"走了吧"是指"死了吧"？说不定他是来接我的亲戚？

少年很快就否定了这个猜测。

亲戚家的人，根本不会和他确认"死了吧"。而且应该也不是亲戚家的邻居。因为这边，根本没人知道少年长什么模样。

这位老爷爷到底是谁呢？

少年害怕起来。老人原本是从哪里来的呢？电车从上一站出来，已经过去很久了，他现在才沿着过道走过来，也太奇怪了！而且，车厢里空空荡荡的，他为什么要特意坐在少年对面呢？还说些莫名其妙的话，还隐约浮现出一丝笑意。

少年偷偷地瞄了老人几眼，焦躁不安起来。他感到害怕，如果是个头脑有问题的人，那可该怎么办？如果可以，他想换个座位，却动弹不了，身体好像被老人用目光钉在了座位上。

老人又吐出一些奇怪的台词：

"原来如此，是请了hukouli啊！"

"hukouli"！怎么听都是指"狐狗狸"啊！他是说离开家之前，祖母请"狐狗狸"的仪式吗？为什么这位老人会知道这件事呢？

一定只是碰巧而已。

头脑诡异的老人，说着莫名其妙的话语，却暗合了少年此刻所有的状况。莫非他是……虽然还是个孩子，少年还是觉察出了异样。

然而——

"不要死尸一起睡觉,这可有点烦。"

老人把毫无逻辑的这句话重复了三遍,少年听得直哆嗦。

老人说的正是"狐狗狸"的神谕啊!样样都说中了!少年虽然感到有点瘆得慌,但也只能认为,这一切只是一种巧合。

但老人怎么会知道少年亲戚家有人去世?又如何知道祖母请"狐狗狸"呢?又怎么知道了神谕的内容呢?

少年已经不敢抬起头了。他看着地板,身体不停地抖。

怎么办……太可怕了!太可怕了!太可怕了!

他很想向人求助,但周围似乎没有人。话说回来,他都不敢抬头环顾四周了。他只能低着头,默默祈祷,眼前这位恐怖老人快点离开。

老人瞬间摧毁了少年的祈愿。

"嗯,不睡也可以……哪个,我该告诉你哪一个呢?"

说完开场白,老人居然絮絮叨叨地讲起老故事来了!事情进展得太过意外,少年有点不知所措,但他又不能把耳朵堵上。没什么办法,也只能听老人讲故事了。老人说的内容如下:

有个小贩路过一个村子,迎面遇到送葬的队伍。当时正值晌午时分,小贩就在身旁一棵大树下坐了下来,开始吃便当。他边吃边看着长长的送殡队伍。

终于，送殡队伍离开了，他也吃完便当，起身再次出发。

一年后，小贩经商回来，再次路过那个村子，碰巧和一年前，遇到送葬队伍的是同一天，而且是同一时刻。

他和那天一样，坐在那棵大树下吃着便当。不知什么时候，有个女人站在了他跟前。这个女的一边看着他，一边笑着说：

"一年前的今天，你也是在这里目送着我远去呢。"

说着就抱住了这个小贩。

小贩惊叫着跑掉了，却在村头的道祖神前，猛地摔倒了。

不久，村民发现了小贩，把他抬进附近村民家中，他说明事情经过后，就断气了。

老人片刻不停，接着说第二个故事。

一个男人，参加完隔壁村的葬礼，回来的路上，黄昏时刻经过一座小山，他察觉到自己被什么东西尾随着。战战兢兢地回头一看，发现是三个小孩。

在这样的山里……

男人觉得很可疑，立刻意识到那不是人类的小孩。

他急忙往前赶，仍觉得被紧紧地跟着。过了一会儿，他感到小人影一会儿是在山道右侧，一会儿是在山道左侧，开始跟着他。他瞄了一眼两侧，发现两边森林里都有小小的影子在晃动。为了跟上男子的步伐，他们也在树木间疾跑着。

这个男人想，一定是后面三个中的两个小孩，绕到我旁边了。

男人意识到这点后，吓得要死。正好也来到了下坡，他开始全速奔跑。

终于到了山脚，男人刚把悬着的心放了下来，却看见三个身影，在路前方并排走着。

……被超越了。

这个男人害怕极了，立即捡起路旁落下的大树枝，开始打了起来。

一顿痛打后，他才发现，她们是村里的老奶奶。和男人一样，她们也是参加完邻村的葬礼，返回家的途中。

据说这个男人，因为打了老奶奶，受到了死罪惩罚。

接着，老人又说了第三个故事。

父母加上四个孩子，一家人坐着马车去参加亲戚的葬礼。归途中，马车在乡间小路缓缓地走着，看见路前方走着一对穿着祭祖装束的白衣母女。

母亲的衣服又脏又破，女儿的衣服却是整洁光亮。母亲无精打采，看上去很是疲惫，而女儿却是一副精神抖擞的样子。

夫妇俩觉得她们好生奇怪，又有些同情她们，就想让她们一起坐马车。但孩子们不愿意，最小的两个还开始哭闹。夫妇俩很是生气，他们责骂并让孩子们给母女俩腾出位置。

母亲多次鞠躬道谢,然后上了马车,女儿却一句感谢的话都没说。

夫妇俩问她们去哪儿,母亲回答说"去女儿去的地方"。看到夫妇俩有点不知所云,母亲谄媚地赔着笑,女儿依旧面无表情,一言不发。

终于,一家人来到了自己住的村口前。娘俩匆忙从马车上下来,不知往哪里去了。

女儿遗漏了一个行囊袋,夫妇俩打开一看,里面装了很多死人用的三角头巾。太过恶心了,夫妇俩把袋子丢在附近的杂草林中,然后回家回去了。

据说,那天晚上,四个小孩全都死了。

总之,老人不断地说着令人讨厌的故事,哪一个都和葬礼有关,而且结尾处一定会出现新的死者。按说,都是些提神的内容,但少年听着听着却困意渐浓,不知不觉间竟睡着了。

少年醒来时,觉得母亲和祖母的样子都很奇怪。他在午睡期间,好像传来了讣告,一个远房亲戚家中,有人去世了。

※

我把住院老人唠叨的这些瘆人故事写成了小说,并把文字稿发给了K。之后,碰巧老家有事情,我决定回老家时,顺便和K见上一面。

处理好家事之后,隔天我到了两人碰头的那家咖啡店,K已经到了。

"我拜读过你的小说啦。"

我们简单地寒暄了一下,直奔主题。K特意打印出我的作品,放在桌上。

"这和最初我听到的内容还真不一样,但仔细一想,又觉得差不太多。我以为你凭借老人说的这些内容,只能写出个大框,没想到,你写得有血有肉……三津田君,不愧是当作家的啊。"

同学会结束后,已有一段时日了。我心想,K应该能读了一两部我的作品吧。我也就简单地答了句"是吧"。

"这部小说,整理得很好呀。"

她一边夸奖,一边露出了懊恼的表情。

"虽然我读了几遍,但就你写的内容而言,还是有完全不懂的地方。老人还是个孩子的时候,他在家午睡,醒来后,知道家中有亲戚去世了。他不得不独自拿着吊唁金,去亲戚家。然后，在电车上遇到了一位可怕的老人。老人说了许多恐怖的老故事，少年听着听着就睡着了，结尾又回到午睡醒来时。邻床老人把这一圈反复地说了多遍呢……"

"这个嘛……"

"三津田君，你在其中发现了什么吗？"

回家探亲前，我给K发了个邮件。告诉她，我或许搞懂了，邻床老人故事中的秘密。看来，K也尝试着揭开谜底，但结果是什么都没发现。

"与其说是发现，不如说只是我的胡思乱想。"

"骗人吧，你邮件中的那些话，感觉你对自己的推理，蛮有自信的呢。"

看到K有点生气，我慌忙摇手否定。

"推理什么的就谈不上了。真的只是我的胡乱推理。"

"好，好，好。我知道了。那么，你的胡乱推理，又是什么呢？"

K兴致大发，一个劲儿地催我说。

见此情形，我也就耐心地细致解释道：

"少年在电车上遇见的老人，其实就是鹿羽洋右吧。"

"……"

K瞬间瞪大眼睛，那副表情好像她不知道鹿羽洋右是谁。

她随即吃惊地说道："鹿羽洋右，你是说我妈邻床的那位老人？你是说，他在童年时代，遇到了老年的自己？！"

"不是这样的。虽然不知道那个少年的名字,但可以肯定的是,有个少年,前往去世亲戚家守灵。途中,他在电车上遇到了谜一般的老人,那位老人就是鹿羽洋右。接下来,发生了许多荒唐的事情……"

"什么荒唐的事情呢?"

说到这里的时候,我有点犹豫,但还是说出了自己的大胆推理。

"两人的灵魂、记忆、人格和意识等一切全都调换了……"

"啊?!"

"我认为,那位在S医院病房中躺着的,叫作鹿羽洋右的老人,实际上是位不知名字的、10岁左右的小男孩……"

"……"

"因此,你会觉得哪里不对劲儿。他本来该用老人的口吻说话,但说话语气像个小孩。真正的理由,大概就是因为这个吧。"

"等等,等等……我没太搞懂。"

K越发糊涂了,我继续聊起自己的大胆推理。

"'狐狗狸'的神谕是正确的。'sishi'不是死尸的意思,而是指鹿羽洋右这个名字。"

"在日本,有的地方方言中,'鹿羽'就是读作'sishi'。'狐狗狸'是知道这个的……老人拿的旅行包上写着名字。其实,即便没写名字,'狐狗狸'或许也能预测到。"

"Bu……yao……he……si……shi……yi……qi……shui。就是说，不要和鹿羽一起睡觉的意思啊！"

"但是，少年听老人讲老故事时，睡着了。当然，他一定是被老人催眠的。他应该是想摆脱年老体衰的躯体，进驻活力十足的新躯体吧。"

"不会吧……"

K想要挤出一丝笑容，但似乎又笑不出来。她脸部僵硬，连珠炮般地继续问道：

"那么，鹿羽洋右究竟是谁呀？他在少年的面前，多次重复着同样的事情，这样，他就能一直活下去吗？他究竟是怎么和少年互换身体的？"

可是，我只能一直摇头。

"老人——哦，不对，应该说是少年讲的这些故事中，完全没有提及交换身体的事情。其他还有很多谜团。只是，如果我的推想正确，这种令人厌恶的情况是存在的。很久以前，他们就通过不停地更换宿主，一直活着。当然，这些都是我的推测啊。更换宿主，也要有一定的条件吧。比如，身边有办丧事的人。"

我说话期间，K一直低头沉思。然后，她慢慢抬起头，说道：

"还是不对劲啊。"

K对我的大胆推想提出了不同看法：

"少年进入了鹿羽老人身体后,也过了70多年了吧。这样,那位老爷爷岂不要150岁了?怎么想,也觉得不太可能啊。"

"你是把整件事,当成70年前发生的事情了吧。你还是觉得,这是一位80岁的老人,在回忆他10岁时候的经历吧。"

"啊,原来如此!我这里出岔子了。这件事,可能就是几个月前的事情呢。但是,这样说的话……"

K有点含糊其词,她频频地望着我。

"我还是把这当成你的大胆假设吧?"

"你还是觉得,这只是位80岁的老人,在回忆他10岁时的经历,喋喋不休地絮叨着一些奇怪体验,是吧?"

"嗯。"

K抱歉地点点头,我决定再补充一些我的推理。

"只是,按照你那么想的话,有许多不通的地方。"

"比如说?"

"少年的父亲,前往九州进行修学旅行。从少年的年龄来看,他父亲读小学时,大概是明治时期吧。"

"是哦,那个时候,还没有修学旅行吧。"

"不,那个时候已经有修学旅行了。只不过,由学校出面,组织小学生参加的修学旅行,是从昭和时代开始的。"

"那么父亲是不是把自己单独去的修学旅行,和学校组织的修学旅行搞混了?"

"那也不可能。二战前的修学旅行,主要目的是进行国家神道教育,一般都是去伊势神宫,或者是橿原神宫之类的。"

"这么说……"

"少年父亲参加的修学旅行,最早也是战后的事情。而且,应该是经济恢复过来后的事。"

K再度陷入沉思,我接着说了我剩下的一些推理。

"另外,少年祖母提到'尸体汤灌'时,她说的是'大部分地区,都是用布擦拭尸体,而且很多时候,还是由殡仪馆代劳'。这在战前,也是不可能的。越是偏远的地区,越是不可能单用布来擦拭尸体。而且,战前'尸体汤灌'等很多仪礼,都是由丧主或直系亲属来负责的。这些仪礼,是昭和四十年代后半期,还是昭和五十年代前半期,才彻底废除的吧。"

"……"

"这样一来,我最耿耿于怀的'xiedai'这个词,突然间也就搞懂了。"

"你是说,'xiedai'……"

"嗯。我认为'xiedai'是指携带手机。只不过,少年没有带手机。如果带了手机,他在电车上就不会觉得无聊了,被老人缠住的时候,他也可以用手机联系母亲或者祖母了。——或许,少年想要表达的,是这个意思吧。"

"也就是说……"

"80岁前后的老人身体，说着10岁少年的体验。讲的内容，根本不可能是老人自己少年时的经历，首先这一点是可以肯定的。"

然后，两人都沉默了一会儿。后来，K开始聊一些轻松的话题，没过多久，两人就道别了。

当天我回家后，收到了K的邮件。她在邮件中写道：

"我晚上去探望母亲时，发现那位老人已经搬离病房了。问了护士，护士什么也没说。我的心情颇为复杂，但老实说，悬着的心，还是放下来了。不知道是不是我的心理作用，我感觉，母亲的身体有所好转。或许，她真的是受到那位老人不好的影响。"

我为K的母亲身体好转而感到开心。我把这封邮件保存下来，当然，我没打算把这事告诉K，"鹿羽洋右"这个名字，（在日文里）也可以读作"勿与尸眠"。

幕间（二）

　　2014年，我在《小说昴》9月号发表了《聚在一起的四个人》。后该杂志11月号出版了特辑《果然还是喜欢悬疑小说》，我在其中《让我成为悬疑小说家的一本书》这个栏目发表了随笔《对于悬疑小说的绝望》，接着又在2015年1月号发表了《不要在逝者旁睡着》。前面我也说过，初中同学会时，和老同学K久别重逢，《不要在逝者旁睡着》这个素材就是来自K同学。也就是说，那段时间，我没给编辑时任美南海造成任何负担。我也想，这样的话，围绕时任发生的那些怪现象，就会偃旗息鼓吧，于是也就安心了一段时间。

　　但实际情况并非如此。确切地说，2014年秋天到冬天这段时间，奇怪的事情的确是平息下来了。我都觉得，就这么着不再惹什么事儿的话，那些怪现象也该停下来了。然而，谁知道新年伊始，时任早早就重新开工去听那些怪谈录音带了。

　　时任这么急着做，也许要怪我。在给我的新年贺卡中，时任写道"期待您的下一篇大作"。我回信时,也就顺口说了句:"现在还没什么素材,正琢磨着要是能写出点悬疑故事就好了。"按照之前的约定,下一篇的刊载时间,是2015年5月,交稿时间是3月中旬。尽管看上去时间充裕,但我还在为其他杂志撰写短篇,新写的一部长篇小说也都临近交稿日期了。时任非常清楚我的状况,所以她可能觉得,还是由她代劳,继续听写那些录音带和MD音频,帮我搜集素材比较好些。

所以,时任突然和先前一样,寄来她听写下来的唤醒怪谈录音带,着实让我大吃一惊。她一定是出于编辑的责任感,才这么做的。我清楚地了解这一点,才越发觉得,自己必须马上阻止她的这种行为。

我慌里慌张地给她打电话,不料时任的声音却很欢快。我一边注意自己的说话语气,尽量不去责难她,一边第一时间批评了她重又开始听写录音内容的行为。但时任满不在乎地回答说:"应该是去年秋天前后吧,接到您电话,聊了您正在创作的《怪异现象的真理》,所以我已经释怀了。"

"哎呀,不是,我都说过那些不是什么真理……"

"但对我来说,很有说服力呢。"

"可是……"

觉察出我彻头彻尾都在怀疑,时任突然笑出声,说道:"老师,您很奇怪哟。明明我是当事人,我都接受了。您是创作者,却否定自己写的观点。这不完全反过来了吗?"

如果她把一连串的现象都理解成心理作怪，的确，也就没什么大问题了。不过，这时我却有些不安了。

有种观点认为：不明缘由的怪异现象，很多时候，其实隐藏着某些法则。我不认为这种观点是错误的。事实上，我知道的一些现象，与这种观点非常吻合。不争的事实是，众多完全无法解释清楚、荒诞诡异的怪现象，依旧层出不穷。时任遭遇到的，到底是哪一类现象？在这个阶段，就把她的遭遇定性为心理作怪，会不会很危险？这才是我担心的原因所在。

说是这么说，但当事人丝毫没有危机感，就更麻烦了。即使我多次提醒她，不要再听那些录音带和MD音频了，但她如果回答"这也是编辑的一项工作"，那我也无言以对。即便是和她的上司交涉，我又该如何说明？我阻止她那么做的理由呢？毕竟对方是在帮我听一些对我写作有益的录音带。搞不好，她的上司反而会认为，我应该表扬时任的这种行为，阻止她做倒是有点怪。

我挂断电话，沉思了许久，一种莫名的无力感袭遍全身。我即便告诉时任，像写《不要在逝者旁睡着》那样，下部作品的素材工作，由我自己搞定，我也不认为，她会停止去听那些音频资料。事实上，后来写《黄雨女》时，一些素材用的就是这次录音文字稿中的一些怪谈体验。也就是说，时任的听写工作，对于我的创作活动帮助很大。为了出版单行本，《黄雨女》之后，还有必要再写一部作品。会不会是

幕间（二）

因为，我说那将是收尾的作品，她才更铆足了劲地干？

我都想累了，还是捋不出头绪。于是我就继续着手写作去年底开始创作的《黑面之狐》。这是一部以战后日本煤矿作为舞台、偏推理的长篇小说。当初，我曾打算把这个主题用在刀城言耶的系列新书中。但是，在收集、阅读资料过程中，我发现，它应该单独成为一部长篇作品。很早以前，《文艺春秋》约我写部长篇小说，我就想用这个主题，完成新近写作的这部长篇约稿。

但到了动笔的时候，因为主题设定、舞台和时代的特殊性，写作进展得并不顺利。我深切地感受到，自己对资料的阅读理解还停留在浅表。因此，写了100多页后，还是决定暂且搁置一下，先着手写作死相学侦探系列（角川恐怖文库）的新作《十二赘》。打算《十二赘》完稿后，重新阅读资料，再从头开始写作《黑面之狐》。

这时，我脑海中浮现出一个一石二鸟的方案。我准备和各家杂志说明情况，告诉它们，自己因为想要集中精力写作《黑面之狐》这部长篇小说，所以希望各杂志相关的短篇连载工作暂停一段。我联系的杂志，当然也包括《小说昴》。和《小说昴》约定的稿件，原本是每隔四个月刊载一次的，推迟后，下一次交稿日就变成了11月中旬。那样，即便时任重新开始听音频找素材，也会是很久以后的事了。我想自己可以利用这段时间，快速写完最后一篇，在交稿日的前几个月，就把稿件寄送过去。总之，这个战略的核心，就是把时任必须听磁带和MD音频资料的理由给消灭掉。

　　暂停供稿前，我给每家杂志都写了一部连载短篇，2015年《小说昴》5月号发表《黄雨女》时，我开始着手写《十二赘·死相学侦探5》。

　　当初我还曾暗自得意，以为这个尝试可以顺利实施。至少7月上旬《十二赘》完稿前，时任都不会去听那些音频资料了。

　　就在这个时候，时任仿佛揣摩到了我的心思，她发了个邮件过来。看到有附件的那一刻，我就有种不祥的预感，打开附件一看，果然就是时任听磁带和MD音频后，记录下来的怪谈体验文字稿。

　　我立即打电话给时任，语气十分强烈，质问她："距离交稿日期还有好几个月，有必要这么早就听这些磁带和MD音频资料吗？"

　　她回答说："我也想着，秋天之后再去做这件事也来得及……但老师，一段时间不听了，我还怪想听的呢。"

　　听她这么一说，我不由得心头一紧。

　　"老师，您之前也说过，虽然听了许多，但能派上用场的并不多。所以，我想还是尽量多听些，但不知不觉好像就似中了毒……"

　　我心想，时任的这种状态，与其说是中毒，不如说是被什么东西附体了。当然，这话我没跟时任说。

　　"有奇怪现象的资料吗？"我问道。

幕间（二）

"有一些。"她说。

"总之，你现在马上把磁带、光盘送还回来，不然的话，我自己去拿。"

"不用不用，您不用亲自过来……"

"不行，如果明天上午还没收到，我就要到出版社去打扰你了。"

我的语气很强烈，她终于答应我，明天会还回来的。

第二天上午，我收到了集英社《小说昴》编辑部寄来的快递，里面是时任还回来的，那些记录怪异现象的磁带和MD光盘。我虽然稍稍犹豫，不知道这样结束是否妥当，但转念一想，只要不再听里面的内容，应该就没事了。所以，我还是把它们塞进了资料室整理柜的最里层。

然后，我刻意不去看时任整理出来的音频文稿，只是基于之前听到体验者讲过的内容，写完了《擦肩而过的人》。我把小说稿用邮件寄给了时任。时任回邮件感谢我的同时，又提及了一些她最近经历过的恐怖体验。下面这些，就是时任那段恐怖经历的简单总结。

那天晚上，时任留在公司听磁带和MD音频。虽然这也是她的工作，但时任还是觉得用白天的时间，来听写音频资料有点不太好。因此，很多时候，她都是在晚上听写、记录这些怪异体验的音频资料。她自己也觉得，不用特意等到天黑了才去听……也尝试过在白天听过几次。但总觉得白天听，效率不高。而且，白天听到的内容，没一个能够成为创作素材。不知道为什么，那些能够用得上的体验谈，都是晚上听录文字稿时遇到的。

那天也是。她在听磁带和MD音频时，中间去了趟厕所。在最里面隔间的坐便坐下后，她正反复回味着刚刚听到的内容："家里一个人也没有。洗澡时，听到更衣室有动静。转过头一看，发现有张人脸一样的东西，贴在窗户磨砂玻璃上。"这么一回味，时任突然有点害怕。这时，突然有谁，推门进了旁边的隔间。

……讨厌，别吓我啊！

她一边抱怨着那个人，一边觉得自己大惊小怪，有点可笑。

今晚把那个怪谈听完，就回家吧。

想着就这么决定了的时候，她觉得有点奇怪。旁边的隔间，怎么一点儿声音都没有？平时的话，多少都能听到些衣衫摩挲的声音。可今天别说这些声响了，甚至都感觉不到有人。

时任进厕所时，里边一个人也没有。这种状况下，她通常会选择去最里面的隔间。之后，有人进了旁边的隔间。一般而言，如果有隔间是关着的话，后来的人通常会选择隔开一两个。这个人特意选择了前一个人还在用着的旁边隔间，真是有点怪。

时任突然感到超级恐怖，她慌里慌张地出了隔间。然后胆战心惊地看了看旁边的那个隔间。隔间门的确是关着的，

幕间（二）

不过还有点儿缝。那个缝隙，虽然窄得只能勉强伸进一根手指。但好奇怪，为什么用着卫生间，却不把门关严呢？

这个厕所，隔间的门都是往里开的。如果里面没上锁，门会处在自然开的状态。也就是说，眼前这个隔间，里面确实有人，但用着的人要么是用手按着门，要么是用什么东西放在地上挡着门，这个人绝对没有把门从里面锁上。

……可是，为什么要这么做呢？

如果是门锁坏了，可以用别的隔间呀。没必要非用这间啊。莫非这个人就是想进自己旁边的这个隔间？时任的脑中，不由得浮出这个念头。

难道说……

就在这时，眼前的这扇门，突然悄无声息地轻轻打开了。时任身体僵直了瞬间，奔逃而去。

回编辑部办公室之前，时任在走廊下停了下来，努力调整好气息。她不知道该和谁说说刚刚的经历；回到自己的座位，装作工作的样子，实际上是在发呆。

过了一会儿，一位后入职的女同事起身离座。刹那间，时任差点脱口想要问她"你是去卫生间吗"。可是，问了又能怎样？然后，和她说什么呢？过了一会儿，那位女同事回来了，没看出她有什么反常的状况。她大概是去了卫生间，但尽管那样，好像并没有什么异样。

这次经历之后，又过了几天。她正想去自己公寓里的卫生间，又是一阵恐怖感紧紧地裹住她。

……好像有人在卫生间里！

　　因为时任是一个人生活，按说根本不可能发生这种事。但她还是强烈地感受到有人在用她的卫生间。她跟自己说，只是自己心理作怪，然后鼓足勇气去打开门。当然，里面一个人也没有。但之后，这种感觉还在折磨着她。

　　这种瘆人感总算消失了，但正在如厕时，全身汗毛倒立的恐怖感再度袭来。

　　……谁在里面？！

　　时任越发觉得，有人挤在狭窄的厕所里，和她一起生活。回头确认了一下，狭小的厕所没有第二个人站立的位置。不，应该说，这里原本就没有其他人了。但她总是觉得，有个人，就站在她的身旁。

　　之后一段时间，时任都会选择到车站和便利店去上厕所。

　　和时任电话商谈后，决定把《擦肩而过的人》的写作工作，搁置到2016年1月号《小说昴》具体编辑工作开始之前。一则因为，只为《小说昴》先写一部稿件，对其他杂志有点不公平。另外，不管如何强调《擦肩而过的人》不是取自曾经提到过的那些磁带和MD录音资料，现在还是尽量设定一个冷却期。对此，我和时任的意见是一致的。下面两个短篇，就是刚刚提到的《黄雨女》和《擦肩而过的人》。

黄雨女

列席谁的死亡，或是遭遇谁的死亡。

与遗体面对面，或是发现遗体。

现代人也许只有送别亲人时，才会有过上述体验吧。除非是从事与死亡相关的职业，否则人这一生，恐怕都不会和陌生人的死有何瓜葛吧。

我第一次接触到人的死亡，是在高中一年级。此前，身边没人遭遇过不幸，我只在虚构的电影或电视剧中，才看到过人的尸体。

我当时就读的N高中，是在一个相当偏僻的乡村，往返上学需要搭乘电车。从最近的一个车站走到学校，中间要经过一条柏油公路，公路的两侧都是田地。这条田间公路，夏天烈日当头，冬天寒风瑟瑟，走起来相当遭罪。路周边稀稀疏疏地建了几座民宅，只有眼界宽阔，是这条公路的优点。

从这条柏油主干道下来，是条双车道的辅路。双车道笔直延伸到N高中，过了N高中后，是个90度的直转。我记得，从主干道下来，到学校为止那几百米直路上，好像没有红绿灯。

忘了是哪个季节，一个周六下午，我和几个朋友一起放学回家。记得有人提议："要不要一起吃大阪烧？"我们几个纷纷表示赞同。

沿着学校前面的那条人行路往前走，在进入田间公路之前，什么都和往常一样。但两条路交接点附近，有十多个学生聚在一起，吵吵嚷嚷的，弥漫着一种压抑的氛围，周边气息很不寻常。

"怎么了？"

看到有熟人在那里，我想着走近问个明白，却看到了一副意想不到的景象。那一瞬间，是我人生中，第一次遭遇到的强烈冲击。

双车道和田间公路直角相交的内侧，下延两米左右，一个穿着运动服的女学生，滚落趴在田边处。离她几米处远的田中央，倒着一个穿学生服的男生。再往前几米，又有一个穿学生服的男生横卧在田头边，旁边停着一辆汽车……我就这样，毫无防备地目睹了一起血淋淋的交通肇事现场。

据目击学生说，当时有辆汽车，在直行道上左拐一下，右拐一下，从学校那边横冲直撞疾驶过来。放学回家的学生们，正在人行道走着，有的女生被吓得连连直叫。不过，这辆车非但没有放慢速度，反倒像是享受着女生们的反应。车一接近人行道，就拐开，然后再接近，再拐开，东冲西撞地重复着危险的Z线驾驶。

就这样，不知道是这台车第几次接近人行道了，突然没能拐回去，而是直接冲进了学生队列，原因好像是Z形驾驶造成的方向盘失控。

汽车撞倒人行道上的学生后，跌进田间，画弧般开了一段距离，停了下来。如果把第一名女生和后面两个男生倒下的地点用线连起来，正好就是汽车跌入田间后的行驶轨迹。现场惨不忍睹，第一个人和第二个人是被撞飞了，而第三个人被撞之后，还被车拖行到了田间，样子格外惨。

开车的是名19岁的男子，没有驾驶执照。那个家伙被拽下了车，气势汹汹的高二男生围住了他。死去的三个人，全都是高二的学生。

然而这时，我眼睛牢牢盯住的，不是这起惨烈事故的肇事者，而是田间散落着的三具尸体。最让我震惊的是，我知道这对逝者是种失礼表达，但在我眼中，那些尸体真的只是些"东西"。以前，我只能用头脑加以理解，那一刻，我人生第一次切实感受到了，死亡是件理所当然的、不可转变的事实。

过了一会儿，我更加觉得那些尸体只是些"东西"。刚刚直面一桩惨祸，本不该想这些事。要是早点离开学校，自己就可能会成为目击者。要是再早一点，恐怕被汽车当场轧过的人，就是自己了。在场的任何人，都被这种恐惧笼罩着。

事故发生后的那个周一,学校应该是为他们举办了追悼会,但我记不太清了。因为这之后,发生了一件让人更加印象深刻的事情。

当时,已经查明了,那个无证驾驶开快车的未成年男生,是N高中男纪律教师在其他学校工作时教过的学生。这个男生偶尔会来看望他。据说那个学生每次过来,这位老师竟然要递烟给他抽,这让人怀疑自己是否听错了。

不知这两个人,除了师生关系,是否还有其他关系。可是,单就上面说的这些情形,他俩问题就很大。

事情越闹越大,部分二年级学生,擅自使用了广播室。他们号召全校学生来体育馆会合,打算在那里谴责这名老师。这次集会,没有提前申请,但校方中途默许,也就这么开了起来。校方之所以会默认,大概也是觉得,如果不那么做,自己是一点底线都没了。

如果有读者对这次集会的后续发展有兴趣,那么我要先说声抱歉了。因为我几乎记不得,那次集会是怎么进行的,在体育馆发生了什么。或许是因为,集会期间,并没发生过任何有戏剧性的事件吧。

我不记得,夺走三个人性命的那个未成年人,最终受到了什么惩罚。但可以肯定的是,与事故有关的那位男教师,后来依旧留在N高中继续工作。

事故后不久,双车道靠近人行道这边,建了座祭奠碑。这座碑建在高中的反方向,离田地和乡间柏油路的交会点,有几米远。或许，是因为三个人的遗体比较分散，才建在那儿吧。

很多学生和老师，每天早上都会去石碑那里祭奠一下。也有放学后，再次去那里，为死者祈求冥福的。不知情的人，看到这种情景，会觉得这种绕道行为，太不可思议了吧。不过这种行为，至少持续到我们毕业那一届。

是事故发生后的几天呢，还是几个月呢，我又记不太准了。总之，有一天傍晚，A在社团活动结束后，和几个朋友一起放学回家。他们前面，是两个认识的男生结伴同行。再往前，有对情侣正在走着。

A一边跟朋友聊着天，一边沿着双车道边上的人行道往前走，突然差点撞上了本该向前走的那两个男同学。

A看着戳在原地的两个人，略感奇怪地问道："你们两个，干啥呢？"

"刚刚……还在那儿的吧……"

其中一位男生，边说边指了指他们前进的方向。

A漫不经心地顺着手指方向往前望过去，却发现原本走在前面的那对情侣不见了。他随即环顾四周，怎么也找不到那两人的身影。

这一带，视野开阔，不存在几分钟内就能藏起来的地方。况且凭空消失的，不是一个人，而是两个人。

四个人呆呆戳着的地方，正好就是双车道往田间公路拐弯的地方，离汽车冲进人行道的肇事地点非常近。

下一个奇怪的体验，我忘了是高二，还是高三时听说的。离那起交通事故，应该过去一年多了。

一天夜晚，B正骑着摩托车。他也没有什么特别要去的地方，就是想飞车。深夜骑摩托，想要感受的，就是不受红绿灯约束，不受汽车阻碍，尽情飞车的那股爽劲儿。

B脑海中首先浮现的，就是N高中前面的那段直路。当然，他没有忘记那起悲惨的交通事故。但话说回来，这条路，平时除了上下学的学生，原本就没什么人走，何况现在是深夜，路上一定没人走。

B疾驰在田间公路上，接近双车道直路时，他开始提速飞车，从那里拐向出事的那条直路。

不出所料，双车道上一辆车也没有，一个行人也没有，只有他这辆疾驶着的摩托车，没有比这更惬意的了。

就在这个时候，突然有个人影倏地从人行道那边冲了出来。

B急忙刹车，好不容易才控制好没摔倒。他停了摩托车，慌忙回头望了过去。

……一个人也没有。

能够看见的，只有街灯照射下，笔直延伸着的道路。

怎么回事？

他回到疑似人影出现的地方，却发现，原来是祭奠碑在那里。

"真的没有比那个更瘆人的事了……"

B每次谈到这回经历时，都是用这句话概括收场。

距今大约18年前，我把高中时代经历的这些怪谈，告诉过一位45岁上下的女占星师。忘了是什么季节，但我清晰地记得，那天阴郁沉闷，早上开始，就好像要下雨，却怎么也没下起来。

当时，我是一家月刊杂志的编辑，正在策划着出本占星术特辑。因此，采访了各行各业的人，上至在大学任教的天文学者，下到民间占卜师。

对方是否相信占星术，是我这次采访的焦点之一。虽说是以占星术作为主题，但我并没有打算做成彻头彻尾肯定占星术的特辑。站在客观立场上，考察占星术，是这次企划的大原则。

然而，一旦开始采访，见面交流后，我才发现对方大多是占星师，很难遇到肯和我说真话的人。尽管我承诺，不会透露对方的姓名和照片，但被人刨根问底工作详情，不肯吐露真心也是理所当然的。

采访过程中，我发现所有的占星师，都谢绝回答两个问题：

一是赌博的输赢。

二是预测顾客的死期。

据说，占卜输赢的顾客很多，但也有询问自己死期的。不过，占星师们会拒绝占卜其中任何一个问题。即便是那些不太配合我采访的占星师，也会明确告诉我，对于输赢和人的死期，他们一定会"断然拒绝"的。

只有一位占星师说，她不理睬那些占卜输赢的请求，但如果对方是占卜自己的死期，她会"先问问理由，如果觉得顾客的解释可以接受，也会帮他们占卜"。这位占星师，就是我刚刚提到的那位女士，是位专门从事东洋占星术的占卜师。

她说，从业近20年，她只认可过两名顾客说的理由。其中一人，经她劝导后，取消了占卜死期的请求。

"另外一个人，您帮他占卜了死期，并且告诉了他？"

面对我的追问，她毫不犹豫地答道："是啊。"

"那个人为什么想知道自己的死期呢？"

"这个我就不能说了。"

也许是因为关乎客人的隐私，她明确回绝了我。但是我的兴趣，已经从占星师们会接受哪些咨询，转到了这位女士身上。

这位女占星师，虽然会事先询问客人占卜死期的理由，但她究竟为什么会答应帮顾客占卜死期呢？

我拜托她，如果可以的话，希望她能告诉我这样做的原因。于是，像本文开篇写的那样，我和她讲了高中时代的那些经历。自己人生第一次目睹人的死亡，以及自己当时的感受，我都毫无隐瞒地和她说了。

这时我们待的地方，是东京某个闹市区杂居楼上面那一层。这层原本是用来做会场活动的，除了一个小厨房和洗手间，整个空间什么都没有。后来，一些占卜师做了隔断，开了些店铺。占卜的种类，从看手相、面相，到塔罗牌、风水、四柱推命、水晶、姓名测试，乃至占星术，应有尽有。顾客可以根据自己的喜好，选择去哪家店。我的，就是这样一个地方。

她一句话也没插，听我讲完后，才说：

"在这儿，不太清楚状况呢。您稍等。"

她留下一句令人费解的话，便起身离开了座位。

我感到惊愕，但也只能坐着等了。一个人坐在那儿，突然在意起其他隔间漏音传出来的那些声音。占卜师和客人叽叽咕咕的，虽然听不清他们谈些什么，但只言片语，即便不想听，还是会断断续续地传到耳边。简直像在偷听别人谈话，却只能听到些含糊不清的片段，内心非常焦躁。

但比起这些，我更关心女占星师到底去了哪儿呢？"在这儿，不太清楚状况呢"，是什么意思呢？换个地方，可以搞清楚些什么？

我正绞尽脑汁想着呢，她返回来了。她离开座位的时间，比去趟洗手间还短，这让我更加费解了。我正想追问的时候，她嘟囔了一句：

"应该，没事吧。"

然后，没做任何铺垫，她突然开始谈起她读大学时的一段恐怖经历。

准确地说，她说的怪谈，不是她本人的经历，而是她大一时交往男友的经历。

　　下文是她讲述的内容。事先声明,故事中出现的人物都是化名。

※

　　20多年前,我还个大学生。

　　大学名,就不说了吧。您就认为,是所不好也不坏的学校吧。

　　入学后,很快交了男朋友。可能是因为,我们两个都是刚从外地出来,都是第一次独自一个人生活,都有很多不安,所以,我们很快就亲近起来了。

　　但是我们还没到那种越过界限的关系。怎么说呢?可能因为两个人都是初恋,性格都很认真,现在回想起来,我们俩就是那种又让人欣慰,又让人焦急的恋人关系吧。

　　我们住的地方,方向相反,学校夹在中间。从哪边出发,走到大学都要花十几分钟。单独上学是很方便,但一旦回到自己的公寓,再去对方那里,就要花费25分钟左右了。所以,大多时候,最后那节课一结束后,我们就会在学校碰头,然后一起去他的公寓,或者是回我的公寓。虽然我们的院系不同,但两个人都是一年级新生,每天上课,通常都会上到傍晚,所以也不用太等对方。

最初是轮换着，决定哪天去哪边的公寓。但没过多久，他来我这边的日子，明显增多了。一则是因为，他的房间，不管什么时候去都很乱，就算我收拾了，也会马上乱回原样。而最主要的原因，则要怪那个叫作"黄雨女"的女人。

"黄雨女"，是我随便取的名字，你觉得耳生也很自然。

你知道"鬼雨"这个词吗？

"鬼雨"，是指雨下得很大。这里的"鬼"，是雨量不同寻常的意思。

在我们那里，"黄雨"的读音和"祈雨""喜雨"是相同的。"祈雨"是祈求下雨，"喜雨"是指久旱逢甘霖的那种雨。

我不是卖弄我知识渊博，这是小时候我奶奶告诉我的，然后就记在脑子里了。这可能是我给那个女的，随便取名叫"黄雨女"的原因吧。

那个女的……

小悟第一次提起那个女的，是刚进6月的时候。啊，小悟是我男朋友的名字。

那天，我们和往常一样，见面后，一边往我公寓那边走，一边聊着天，小悟好像突然想起来似的，说了句：

"今天早上，上学途中，遇到一个古怪的女人。"

我随口问道："什么样的人啊？"

当时我以为，听他说完，我附和着感慨一下"啊？真是个怪人"就可以了。

顺便提一下,我和小悟在一起时,会尽量不说我们那里的方言。小悟老家是关西地区的,他和我在一起时,却毫不介意地说着关西话。

根据小悟的描述,那个女人是:

"明明没下雨,却头戴雨帽,身披雨衣,脚上穿着长雨靴,甚至还撑着伞。"

这么一说,的确是个怪人。

"今天是晴天来着,但天气预报说是阴有阵雨呢。"我找了个理由。

"就算这样,也太小题大做了,简直像在预防台风。"小悟回道。

"是快要进入梅雨季节了?"

"还早着呢。"

"可能是性子很急的人……"

"不管怎么说,那样打扮,一定闷得受不了。"

"她大概多大年纪?"我问。

"我只瞥了一眼,看不清楚,但绝不年轻。"小悟回道。

"是个爱瞎操心的老奶奶吧……"

我之所以这样想,是因为老家附近有位老奶奶,我读高三那年开始,脑袋渐渐糊涂了。她穿衣服完全不在意季节,即便是夏天,也会穿着冬天的衣服。

所以，我觉得小悟看到的那个女人，也像那位老奶奶一样，犯了糊涂吧。话虽如此，我觉得"痴呆老人"这个词，有些过分。所以，用了个稍微委婉的说法。

小悟好像明白我的意思说道：

"看起来不像是个老奶奶，所以说，不应算痴呆老人吧。"

"那样的话，是有点怪呢。"

"对吧。"

小悟耐人寻味地点了点头，又说：

"她为什么要从头到脚，穿成黄的呢？"

他这么一说，把我吓了一跳。小悟总喜欢把最重要的地方，放在最后再说，然后看我什么反应。

"瘆得慌。"我一副不安的表情。

"是吧！"

看到我神情不安，小悟这时就像在试胆游戏中，成功恐吓了别人的小孩子，提高了说话的嗓门。

"那个人，当时是在走路吗？"

"没。我住的地方和大学之间，沿着河边不是有条路吗？她只是站在那里。"

"是靠近河边那一侧吗？"

"你这么一问，我倒想起来了，就是护河栏断开的那一段。"

那条河，说是河，但也不是自然形成的，而是用水泥砌出来的人工水渠。整个情形就是这样的——平时没什么水，但到了大雨天或者是台风天，顷刻就会暴涨，然后流到大马路下方的暗渠里。

只不过呢，这条水渠，河岸到河底的距离，将近三米，护河栏却是一段一段的。我第一次经过的时候，都有点儿害怕，之后都是能不走河边那段就不走那段。

那个女人，居然在那里站着，还专挑没护栏的地方，单从这点来说，也够怪了。而且，明明是晴天，却备着雨具，从头到脚都是黄的，怎么想都不太正常。

我用手指点了一下脑袋，说："可能是这里有问题。"

小悟虽点头表示同意，却径自换了话题，看来他对此已不感兴趣了。这次关于这个满身是黄色雨具、行为怪异的黄雨女的对话，到这儿也就告一段落了。

所以几天后，小悟对我说"又看到那个黄色的女人了"，当时，我就哼哈答应了一句："嗯……"任何地方，都有这样一种人——虽然他们言行举止比较古怪，但并没什么危害。我当时对那个女人，就是这种印象吧。

但又过了几天后，小悟一脸疲惫地对我说：

"唉，真要被那个女的折磨死了。"

一见面，小悟就开始吐槽，把我吓了一跳。

"那个女的？难道是……"我问道。

"就是那个黄色的女人，你还记得吧？"

"你又看到她了？"

小悟点了点头，看样子他很是介意。我马上明白了，小悟和那个女人之间发生了什么。于是，我问道：

"怎么了？她和你搭话了？"

"不是，什么都没说。她还是一动不动地，站在上次我和你说的那个地方。就在河边，呆呆地站着。"

小悟否定了我的猜测。下面这句话，让我更困惑了。

"我们视线相交了。"

小悟语调沉重，听起来很是懊恼。

不管什么人，从身旁经过时，相互看一眼，应该没什么大问题吧。更何况对方还是个每天早上戳在同一个地方，一动不动的怪人呢。她站在那里，死盯着路人，也没什么不可思议的吧？

不过，看来小悟真的是被折磨得够呛，我一则是担心他，再则对那个女人更加好奇了。

"她瞪你啦？"我问道。

小悟摇了摇头，说：

"我知道那个女的站在那里，边走边用余光留意着她，但她突然朝我这边看了过来。直到我经过她，她都面无表情地、目不转睛地、死死地盯着我。"

"你也盯着她看了吗？"

"啊啊。我本想把视线转过去，不看她，但怎么也做不到。不但如此，我也太厼了，我好像还停在那里，和那个女的对视了。总之，光是从她身边，就已经搞得我筋疲力尽。"

小悟解释后，我了解了当时的状况。但老实说，我有点愕然，心想就这么点事儿？确实，如果我经历同样的事，心情也不会好，但坏情绪不至于拖拖拉拉延续到傍晚吧。

我的这些藐视想法，好像写在了脸上。

小悟半是闹情绪，半是胆怯地说道："那个女人的眼睛……你只有亲眼看到了，才会理解我现在的心情。"看他这样，我又有些担心了。小悟不是个胆小鬼，能让他如此在意，看来也是够吓人的了。他又说道：

"那个女的，化着浓妆，脸色煞白，两个眼睛瞪得超大。按说，妆化得那么浓，嘴唇涂了口红应该很显眼吧？但她，只有瞪着的眼睛格外突出！她那两个眼睛，黑瞳孔那部分超大，大到几乎看不到眼白……真瘆得慌！我瞅了一眼，感觉整个人都要被吸进去了，汗毛噌地就立起来了！那双黑洞洞的眼睛，从早上开始，就在我脑子里盘旋，总是在眼前飘来飘去的，根本没法听课，闭上眼睛也一样。"

虽然小悟说得胆战心惊，我还是半开玩笑地回了句："像妖怪一样啊。"

然后，我就给她取了"黄雨女"这个名字。有的时候，人们害怕一个不明物体，和它没有名称，也有一定的关系吧。所以我故意给那个女的取了一个像妖怪的名字，好让小悟的心情轻松一些。

"妖怪，黄雨女。"

小悟低声说了一遍,然后有些不好意思地苦笑起来,大概他也觉得,自己的胆怯有点滑稽吧。看起来,我的办法奏效了。

第二天,我们一起吃午饭时,"明明你管她叫雨妖怪,可是今天早上没下雨,黄雨女也出现了"。

看小悟已经可以调侃这件事了,我想他已经不在意了,但还是有些担心,所以又问了句:

"你们对视了吗?"

"没有。我察觉到她在那儿,就没往那边看。这种人,不理她就好了。"

小悟虽然这么说,但能够看出来,他其实还是挺在意的。

而我觉得如果过分安慰他,可能会起反效果,所以也就顺着他的情绪,没再说什么。

那天,我们独自回了自己的公寓,第二天中午再见面时,小悟说:

"那个黄雨女,怎么回去的路上也在那儿啊?"

之前,黄雨女明明只在早上出来的。但昨天傍晚,黄雨女也出现了。和往常一样,她还是站在同一地方呆立不动,小悟发现她之前,她一直死盯着小悟,脸上一点表情也没有。

这还是太瘆人了,小悟中途改走另外一条路,回到住的地方,稍微绕远了些。"感觉她怎么好像在等着我?这种感觉太糟糕了。"小悟说道。

从这天开始,我们上完课后,会一起去我的公寓。他自己晚上回公寓时,黄雨女已经不在那儿了。也就是说,他觉得,只要稍稍忍耐一下早上那段路程就可以了。

几天后的一个傍晚,到了往常见面的时间,我怎么等,都不见小悟的身影。

于是,我去了小悟的学院,问了问跟他熟的朋友。

"那家伙,今天好像翘课了。"

他朋友这么一说,我有些惊讶。小悟就算不去上课,按说也会来和我见面的。我不是在秀恩爱哦,只是想说,到了时间,却不来碰头,太不像小悟的风格了。

我接着去了小悟的公寓,还猜他可能是感冒了,病情严重,卧床不起呢。

结果,看到他并没躺在床,脸色确实有点差,其余的都还好。

"真是的,我不会担心你了!"我生气地说道。

进了房间,知道他根本没生病,我瞬间火冒三丈。

"你怎么不来上课?"我问道。

小悟迅速挪开视线,并且直愣愣地回了句:

"我也不知道为什么。"

见他那副模样,我察觉到,他在隐瞒些什么。不是说我直觉好,而是他的反常太容易看懂了。

"发生什么了?说话!"

"什么都没有。"

"拜托，说给我听听呗！"

我们像在吵架，僵持了一会儿，他小声地嘟囔了一句：

"反正说了你也不信。"

不知为何，那种语气让我有点害怕。我突然间闪出来个念头，我不应该听他说今天经历的事。

但是呢，事到如今，也不能只是说句"哦，是吧"，就撒手不管了。真的那么做，就等于抛弃他了。

所以，我坚持说："不管怎么的，你先说出来听听。"

当然，我也不是非要强迫他说，但我总归要拿出想听他说的态度。

不一会儿，小悟拗不住了，一点点开始说起他今天的遭遇。他说的，确实让人有点难以置信。

那天早上，小悟为了上第一节课，出门比平时早些。他想绕开水渠边那条路去学校。虽说有些绕远，但总好过看到那个女的。

可是，黄雨女在他绕远的那条路上出现了。她站在一根电线杆的背处，仿佛看穿了小悟会绕远儿，然后准时埋伏在那里一样，猛然立在那里。

小悟被吓得惊慌失措，又绕了更远的路去学校。但他走了一会儿，又看到黄雨女的身影出现在他前方……

这样的事情，连续发生了四次，小悟惊恐万分，最终还是折回了公寓。

就像小悟先前担心的那样，说实话，他说的内容，确实让人有点难以置信。黄雨女在纠缠他，这一点我并不怀疑，但只是想，她怎么可能那么凑巧，先行绕到小悟想要经过的那条路呢？

或许是我的表情出卖了我的内心想法，小悟忽然就闹起了情绪：

"还是吧？你还是不相信吧？"

"是啊。这事怎么想都很奇怪吧。"我说。

我也是急忙应对，问他："黄雨女怎么就会神出鬼没的呢？"并说：

"你说的这些，想想就觉得对不上。"

小悟听完脸色骤变，一副惶恐的表情。我意识到自己说错了，但后悔也晚了。

"可能真的是碰巧，刚好先兜到你经过的地方呢。"

我赶忙想要弥补。但说成碰巧，小悟当然不会接受，连我自己都不认为，天下会有那么巧的事。我传递给对方的信息，只是"哦，我知道了"。所以，小悟才会越来越不信任我的吧。

正当我无计可施时，又有个好点子冒了出来。

"黄雨女的事，要不我们去问问沟口，怎么样？"

沟口是名大四的学生，是和小悟同一个学部的学长，住在小悟附近，所以我也去他那里玩过一次。他非常乐于助人，我想他一定会帮忙出些主意的。

小悟也同意了这个提议，于是我们立刻动身去了他的公寓，并向沟口说明了事情原委。

"啊……"

沟口听完后一脸惊讶，吐出了一句惊人的台词："那个雨女，真的存在啊？"

我俩听到"雨女"这个词，都很震惊，接着追问他，这句话究竟是什么意思？

于是沟口先铺垫了一下：

"这件事，我是大一的时候，从社团的学长那里听到的——"

说完，他又讲了下面这些内容。

那个中年女人，全身裹着黄色雨具，不分季节，不分天气，在这附近出没。不过，她只是一声不吭地站在那儿，不会伤害行人。但有时，她会突然凝视某个人。这种时候，千万不能跟她视线相交，一定要佯装不知，马上离开那个地方。不这么做的话，会遇到意想不到的事。

小悟听完后，唉声叹气道："怎么会……"

我长话短说，向沟口解释了他跟黄雨女视线相交的遭遇，学长突然笑了起来：

"你们听我说完！雨女这种东西，类似一种都市传说，也就是说，她不会带来什么实际的伤害。比如说，我们这帮大学生，跟她视线相交后，也就是留级啦，不能毕业啦这类惨事吧。"

"留级……吗？"

小悟看起来有些情绪低落。

"如果传言是真的，那留级也算超级不幸了！当然，也有可能是骗人的，或者只是谣言呢。不过就是些都市传说吧。"沟口安慰道。

"但，但是……"

"你小子看到了那个雨女，是吧？看来真有这回事呢。我也很惊讶，不过还是不要太在意了。留级或不能毕业，也就算了。当真格的，就是另外一码子事啦！"

"也是呢。"

和沟口彻底讨论一番后，小悟看起来稍稍平静了。我也就无所顾忌地又问了一句：

"那位女性，到底是个什么样的人呢？"

"我从学长那里听到了几个说法。有的说，她是某个暴雨天，被婆婆欺负赶出了家门；也有的说，是雨天汽车轮胎打滑，她老公被车撞死了；还有的说，是她孩子掉下水渠失踪了；还有的说，是被她丈夫的小三抢走了房子——总之，她是因为受到刺激，才会精神失常，从那以后，就那副样子，在附近徘徊着……"

"也就是说，她是这附近的居民啊。"

"可能吧，但未必现在也是。"

"为什么？！"

"包括我在内，这几年，没谁见过她啊。这个女人可能真的在这附近住过,遭遇过什么不幸,于是有了精神病。但也有可能,她在那之后去住院了,或者是搬家了,总之,她不是已经从这条街上消失了吗?"

"可她又回来了啊。"

小悟小声嘟囔了一句。

"嗯。你看到她的样子了吧。她之所以盯着你,是因为你有点神似她……的丈夫和孩子,某种微妙的原因吧。"沟口答道。

我知道沟口吞吞吐吐、欲言又止的话是"死去的丈夫和孩子"。还好小悟没注意到,心平气和地接受了沟口的这个解释。

"就算是这样,也没人想同那个女人扯上关系吧。"

沟口思索片刻后,突然眼睛一亮,说道:"我有个朋友是卖自行车的,我让他便宜点儿,你买一辆自行车,骑着上学怎么样?"

小悟对这个建议很感兴趣,我也同意了。于是,我们连夜买了一辆自行车。

当天晚上,小悟让我坐后座,他踩着刚买的自行车,送我回公寓。那真是一幅青春画面啊!

第二天开始,小悟按照计划,开始踩单车上学。上学路上,他一看到黄雨女,就绕到另一条路去。不久后,也敢从她身边冲过去了。因为她并没有特意挡路的行为。当然了,他经过的时候,黄雨女好像都会死死地盯着他看。

说是"好像",是因为小悟完全无视黄雨女的存在,根本没看她一眼。但是视线这种东西,即便不去看,也还是能够感受到的吧。而且被对方死盯着的时候,更是可以感受出来的吧。

黄雨女依旧出现,但小悟渐渐不在意她,我俩聊天时也很少提起她了。

不久后,迎来了暑假。我跟小悟说"好想去旅行啊"。但我俩都没什么钱,而我父母又吵着叫我回家。

没办法,我回了老家。小悟则决定,去一个叫作"海之家"的餐厅做暑期工。我也在家帮忙——因为我家是做生意的——为了攒零花钱,我们俩约好了一起存钱,至少到了秋天,可以一起出去旅行一次。

暑假期间,我给小悟写了许多信。那个时候,没手机,也没电脑,在家打电话,爸妈就在身边。用公用电话吧,他住的房间,离公寓的公用电话有段距离,一眨眼100日元就没了。电话费开销太大,秋天的旅游就泡汤了。所以,暑期只能忍着不找他了。

小悟也给我写信,但内容总是很短。唉,男人一般都这样吧。

但8月盂兰盆节过后,强台风登陆了日本列岛。我们大学某个地方,也遭了不小的水灾。在这之后,很难得地收到了一封小悟的来信。而且,这封信,异乎寻常的长,内容都是些难以置信的事。

那天大雨倾盆，小悟去在海之家打工结识的朋友家。也是的，哪天去不行，偏偏那天去。好像是说，那个朋友的父母，回乡下参加法事去了，所以打工的伙伴都去他家聚会。

进入暑假后，小悟在海之家打工时，一直住在店里。所以，真的是很久没经过水渠边那条路了。并不是说忘了黄雨女的存在，而是想，雨下得这么大，她应该不会站在那里了吧。所以，小悟也没什么戒备心，正要过那条路时发现……

她站在那里。

那个女人和往常一样，木然呆立在护栏断裂处那段马路上。

她身后的水渠，滂沱雨水轰隆隆地流着，很难分清哪里是地面，哪里是水面。黄雨女站在那条极其危险的水渠旁，照例是满身黄色雨具。

靠近她的话，那太可怕了，但不管怎样，也不能视若无睹吧。小悟一边不断地招手，一边大声朝她呼喊：

"站在那里太危险了！会掉下去的！过来这边！"

之前一直面无表情的黄雨女，突然满脸笑容，一边发出嘻嘻嘻的笑声，一边撑开黄色的雨伞，向他递过去。

就在这个时候，突然袭来一阵飓风，把伞给吹跑了。黄雨女也是摇摇晃晃，膝盖一软，跪了下去。虽然她即刻抓住了护栏柱子，但马上就被水渠中溢出的洪水冲倒了，瞬间就被裹卷进暗渠里了。

黄雨女被冲走的那一刹那，与小悟视线相交了。那个时候，她清晰地叫了声：

"小悟……"

不！那个女的怎么可能知道他的名字？可能是她去世的丈夫或孩子也叫小悟了，又或是小悟自己听错了。

读完信，我马上给小悟打电话。如果小悟真的受不了了，我打算早点回去。但他比我想象中看得开，我也就稍稍放下心来。大概是他把恐惧全都写进信里了，精神上也就稍微安稳些了吧。

"警察那边……"

我问他报警了吗？

他简短而坚定地答道：

"没，还没报警。"我也就没再多说什么了。

小悟重复了好几次："我没事的。"我就打消了即刻返回去的念头。

这把年纪了，回头一看，假如那时，我立刻飞到他身边，事情后来的进展，可能会大不相同了。

尽管没有立刻回去，但我还是不太放心小悟，非常想见到他一面，便提前两天回去了。

到达大学附近的车站，已经是傍晚了，雨滴滴答答地下着，我拿着老家特产，想着小悟惊喜的样子，淋着雨奔向他的公寓。

到了公寓后，我怎么敲门，怎么喊他的名字，都没回应。我想他或许是出门了，试着轻轻推了一下门，竟然打开了！他一定是粗心大意，忘记锁门了。

我一边觉得他太粗心了，一边想刚好我可以进来了，于是欢欢喜喜地进了房间。

房间一如既往的乱，我正琢磨着，在小悟回来之前，把房间收拾好，突然留意到桌上有几张信纸，好像还没写完，就出门了。

就算我们是情侣，但擅自看对方的信，也不太合适吧。但还是有点在意，于是我忍不住远远地瞄了瞄，发现那是写给我的信。

那么看了也没事吧，可等我读完信，脸一下子煞白，真的跟贫血似的，好一阵子都没能动弹。

信上写着，台风过后，小悟打工的海之家，是附近营业到最晚的一家店。一天，终于忙到晚上关门时，小悟收拾完，和打工的朋友们去海边闲逛。因为店里的人给了些小吃和饮料，他们就想找个地方坐下来吃。

在离海之家不远的地方，有片岩石滩，他们就朝那边走过去。他们想，岩石上面，或者对面，应该有比较适合吃东西的地方。

小悟年纪最小，他先到了，然后爬上了一块岩石，正想下到对面时，却发现了意想不到的东西。

一具尸体横躺在水渠的涵洞出口处……

那条水渠的涵洞出口就在那里，但被大岩石遮挡住了。尸体好像是刮台风那天，从哪里漂过来的，然后顺着涵洞出口，漂流到这里，被岩石挡住了，最终没能流进大海。

是从哪里漂过来的呢？

小悟瞬间明白了，是那里。为什么呢？因为，眼前的尸体就是那个黄雨女。

她的尸体似乎被海边生物啃食过，两个眼窝黑漆漆、空洞洞地塌陷下去，死死地盯着他。

小悟急忙慌里慌张地折回去，向朋友撒谎，说这边不太适合吃东西。所以，小悟还是没有通知警察。他觉得，总会有人发现尸体的，那套独特的雨具，一定会很快查明她的身份。他也感觉，自己这么做太过分了，但对黄雨女的一切，他真的是厌烦透顶了。

那天聚会，他提前离场，回了公寓。

第二天，又是雨天。小悟想去站前，走到水渠边那条路时，发现那里站着一个浑身穿着黄雨具的人。

当然，那个人，绝对不可能是黄雨女，一定是同样打扮的人。他越想越恐惧，急忙逃去另外一条路。

返回途中，他胆战心惊地，往水渠边那条路窥探着，一个人也没有，他松了口气，继续往公寓走去，却看见路前方，狭窄小巷的拐角处，好像站着一个黄色的人影。

小悟落荒而逃，绕了很远才回到公寓，接着开始写这封信。

第三天，依旧下雨。小悟很怕出门，但一直这么下去，不去确认，只会更加害怕。于是，小悟决定去出现人影的小巷和水渠边那条路看一看。

然而，出了公寓走了三四分钟，就看见那个黄色东西，正站在鲜红邮筒的背面。

你明白了吧？水渠边的路、小巷、邮筒，那个东西正在一点点地，接近他的公寓……

第四天，又是雨天。小悟整天没出门，一直待在房里。他不断眺望窗外，一直担心着，生怕看到那个东西朝这边走过来。

第五天，居然还是个雨天。这一天，就是我到达小悟公寓的那一天。这一天，早晨起来，他依然没出门，接着给我写信。

下午，雨越下越大，天色昏暗得像是傍晚一样。几乎是倾盆大雨，完全无法开着窗户。

小悟打开房间里的灯，继续写信时。

咚、咚。

响起了敲门声。

他暗想，大概是我提早回来了，一时欣喜万分。但转念一想，我不是应该叫他名字吗？

咚、咚。

但门外的人，还是一个劲儿地只是敲门，一声也不吭。

咚、咚。

咚、咚。

缓慢、接连不断的敲门声，让小悟的神经渐渐紧绷起来。

"是……是谁啊?"

小悟走到门前,勉强挤出声音,问了一句。

这时,敲门声戛然而止。

吧嗒、啪嚓。

这时,走廊传来,好像是湿抹布撞击门的声音。

——信上把事情经过写得清清楚楚,只是笔迹越写越凌乱,越来越潦草。

"她叫了我的名字。"

"我已经不行了。"

这是小悟最后写的两行。

当时我感觉自己都要吐出来了。稍微平复了一下心情,我去了沟口的公寓,把小悟的信给他看了。

"那家伙呢?"

沟口看完立刻担心地问道。

"他没在房间。"

听我这样说,沟口即刻给他能想到的人都打了电话,拜托他们帮忙寻找小悟。然后,再次将目光移到信上,不时露出一副疑惑的样子。

"那个女人是很奇怪,但这里描述的天气也挺怪。"沟口说道。

"为什么呢?"

"因为昨天、前天和大前天,都没有下雨啊。"

沟口的话让我"啊"地心里一惊。

我回来那天,傍晚到达车站时,突然滴滴答答地下起雨来,但之前一点也没有下过雨的迹象。小悟却在信中写道,午后开始下起了暴雨,这不很奇怪吗?!

而且沟口说,前三天,这里都没有下过雨。而小悟却在信中写着,每天都在下雨,这也很奇怪啊。

……最终,小悟就这样下落不明了。

他父母从乡下过来,我和他们见面了,但也没能帮上什么忙。哦,和沟口商量后,小悟写的信,没给他父母看。我一直在苦恼着,这个决定是否正确呢?

但如果给他父母看了那封信,他们一定会……哦,这件事我们就讲到这里吧。

咦,讲完了?

对,你注意到了吧?

是的。说自己见过黄雨女的,最后确定只有小悟一个人。

小悟失踪后,我拜托大学的朋友,问了很多大学生,有没有看到过,穿着一身黄色雨具的女性。

结果是一个人也没有。倒是有几个人知道,沟口告诉我的那个都市传说,但他们都认为那只是个无稽之谈。

接下来,我想查清黄雨女的来历。如果有这样一位女性,刮台风那天,掉入了街上的水渠,被冲到暗渠,几天后,在海边水渠的涵洞出口处,发现了尸体。按以上线索,一定能查出她的身份吧。

但是，根本没有这样的人。我问了报社和警察，他们都告诉我，没有这样的人。

那之后，我怕到连大学都不能好好上了，这会让朋友特别操心，所以我想休学了。

这时，我却从沟口那儿得知了一件意想不到的事。沟口也在通过公寓的房东，向街坊们打听黄雨女的事，结果真的有人说，确实看见过有这身打扮的女性。

只是，那已经是30多年前的事了。一个台风天，滂沱大雨中，有个女的，穿着黄色雨具跑了出去，从此就失踪了。

嗯……是她的孩子和丈夫去世了吗？她为什么穿着黄色雨具呢？为什么总是站在水渠边的那段路上呢？这些问题都没有答案。

能够知道的就是——她在某个台风天，下落不明了。

我瞬间设想了一种情况。当时，那位女性，一不小心掉进水渠里，身体不知被哪儿钩住了。30多年后，尸体从涵洞那里流出来，被小悟看到了。如果是这样，30多年后的尸体，应该白骨化或是尸蜡化的，我想小悟一定也注意到这一点了。

再说了，即便尸体的谜题已经解开了，小悟后来多次看到的那个黄雨女，又该如何解释？这我就完全搞不懂了。

是啊，一切都还是个谜。

不过，故事还没有结束。这件事，要是在雨天，对谁讲了的话……不，不是会看到黄雨女。这点你放心，不用害怕。

但是啊，听了这个故事的人，好像会遇到即将离世的，或者是刚去世不久的尸体。嗯……是在听了这件事之后。……啊，当然，这些尸体，不一定全是人类的，也有可能是动物和虫子的尸体。

到目前为止，已经有好几个人遇到这种事了，所以我说之前，才会出去，看了看天气。

刚刚天空乌云密布，但没有下雨。所以，我才会和你讲的。

现在？天气怎样了呢？

如果，讲的过程中，下起了雨……

擦肩而过的人

　　已经是十几年前的事儿了吧？我曾经想要精心设定这样一部推理小说。

　　一天早上，主人公的父亲（或者是母亲，或者是他的某个兄弟姐妹都无所谓），离开家后就去向不明了。晌午过后，公司打来电话，才知道父亲擅自旷工。但父亲去哪儿，家里人也是一点儿头绪都没有。

　　是卷入什么事件了？

　　家人很是担心，于是向警察报了案。但警察并没放在心上，他们只是简单地帮忙询问了一下，有没有因为交通事故被送到医院的身份不明者，听医院说没有这样的人，就只和家人说了句"那再等等看吧"，其他什么都没做。

　　父亲到了晚上，也没回来。第二天、第三天情形依旧。和往常一样，去上班的父亲，在途中失踪了。

　　主人公很想寻找父亲。但父亲去哪儿了，自己如何调查才好，所有这些，主人公完全摸不着方向。到公司询问情况，没得到什么线索，反倒被公司里的人问："你父亲怎么啦？"

顺便说一下，我想主人公应该自由支配时间比较多，才好吧。于是，就先假定主人公是位名叫作准介的大学生，是家中的长子。

准介走投无路，有一天早晨突然想到，自己要不要试试，和父亲在同一时间从家里出发走到车站呢？做同样的事情，说不定会有什么收获呢！主人公这时的心情，就像是抓住了一根救命稻草。

从家走到车站，大概需要花费15分钟。途中，也会经过十字路口和河边道路，但并没什么特别危险的场所，也没看到什么形迹可疑的人。从车站乘坐电车，然后在离公司最近的站下车，走个七八分钟就能到公司，整个过程没能找到什么线索。

第二天，准介再次重复了父亲上班的线路。第三天、第四天接着重复同样的行为。终于，他在第四天注意到了一件事情。

那就是，从家走到车站，每天遇见的，几乎都是同一批人。而且，和他们擦肩而过的位置也大体相同。

从家往车站方向走，也就是说，主人公是往南走，而对方则是反方向从车站朝北走过来。这四天，主人公几乎一直都是和同样的面孔擦肩而过。这意味着，这些人一定在这附近上班或是上学。每天早晨，他们一直这样，和主人公的父亲打着照面。

　　主人公准备好父亲穿西装的照片，决定从第二天早上开始向路人打听情况。他打算先叫住那些和自己擦肩而过的人，同他们说明父亲失踪了的情况。然后，再询问对方，父亲失踪那天早晨，是否看到过父亲。当然，这些人都不认识主人公的父亲吧。但周一到周五，一连五天早晨都会擦肩而过，应该会有人跟父亲打过照面的。

　　"你这么一说，我注意到自己从哪天开始，就没再看到过您的父亲呢。"

　　会有一两个人这么说，这样设定并不奇怪的。不过，这是场时间战，必须在对方淡忘之前抓紧询问。

　　如果是正式开写，我想即便有些唐突，也要花些工夫，安排一件惊世骇俗的大事件，发生在父亲失踪的那一天。因为，如果不是关联到某个特殊事件，数天前，早晨一直擦肩而过的人，隔天早晨却没遇到，一般人是不会记住这类情况的。创作方面，这种细节设定非常重要。

　　且说，多亏当天有重大事件发生，准介问起时，才会星星点点地有人说起："啊，那天早上啊。"这种尝试坚持三天的话，主人公就能把每天和父亲擦肩而过的人，都接触一遍了。

　　这样，询问到第四和第五人交接之际，主人公总算搞清父亲是什么时候、在哪儿失踪的了。因为询问事发当天，第一到第四个和父亲擦肩而过的人时，他们都说："看过你父亲。"但从第五个人开始,却变成了否定回答:"没有看到你父亲。"

父亲的消失地点可以设定在,一个20多年前就停业了的澡堂和车站附近的一家理发店之间,两处地点,中间只有100多米的距离。父亲在澡堂和理发店之间的某个地方,偏离了通常上班时的轨迹。但这种偏离,是出于本人意愿呢,还是被谁胁迫呢?这一切依旧是个谜。

主人公准介想要从几近废墟的澡堂开始着手调查。但这附近,除了后来扩建的自动洗衣店还在营业,其他建筑物都封上了,周边没什么人,氛围怪怪的。

所以,他问了一圈街坊四邻,也没什么收获。这类地方,其实很容易成为不良少年们的聚集场地,流浪汉们的据点,幽灵们的出没场所,但这段距离就连这类传闻都听不到。

难道只是徒劳一场?准介这么一想,就有点心灰意懒。不久后,他身边却开始出现些匪夷所思的怪事……

我觉得这种导入挺有意思的。但是事实上,我至今也未动笔开写。这是因为,我还没能给父亲为何失踪,找到一个趣味十足的答案。我无法接受太过窠臼的动机,又想不出什么跌宕起伏的真相设定,最终也只能先这么搁着了。

我曾一度以为,这个设定早晚能在那部作品中派上用场。但前几天,我在一个地方认识了一位25岁左右、名叫藤崎夕菜的女孩。听她讲述她的经历之后,我觉得,自己最好还是放弃那个构思吧。

等下读者读完夕菜的体验谈，或许会有些人觉得："这和刚才那个设定完全相同啊？！"但其实，夕菜的体验和刚刚那个设定，只有一点是相同的。即两者都是在通勤途中，和擦肩而过的人发生关联。其实，我听完夕菜的讲述后，发现她经历过的事情更加有趣，所以我才会说，自己应该舍弃自己的那个构思。

夕菜的怪谈体验中，也出现了废弃的澡堂，但这只是个偶然。这里再事先声明一下，藤崎夕菜这个名字，以及本篇出场的所有人物，用的都是化名。

※

3月下旬，某个周一早上，早晚还有些凉，夕菜和往常一样，6点45分就起床了。

夕菜还是公司新人时，曾问过一起入职的同事。很多人都说，她们会睡到最后一刻，通常在出门前30分钟起床。但这30分钟，又几乎都花在选择衣服和化妆上面了。于是，通常会借口没时间，或者是需要减肥，干脆就不吃早餐了。

但夕菜是和妈妈约好了的。

"夕菜，即便一个人住，也不能以此为由而不吃早餐啊！"

夕菜高中毕业后，顺从父母的愿望，在当地上了大学。但求职时，当地就业机会实在是太少了，所以尽管父母反对，她还是执意跑去东京找工作。

收到第一份公司录用函时，父母总算勉勉强强同意她去东京工作。但那之后，父母对去东京工作这件事，变得比她还热心，尤其是在租房子这个问题上，父母态度大转弯，把夕菜都搞晕了。

"这可是你第一次独立生活啊！"父母嘴边总是挂着这句话。

父母想夕菜住在离公司近、治安好、生活便利的小区里。另外，他们还要求住房周边的防盗设施要到位，附近没奇怪的邻居。这样的房子，一则难找，再则即便找到，职场新人的那点收入，根本担负不起这类房子的租金。

最终父亲说，由他来负担一半房租，强行帮夕菜定了现在的R公寓。

夕菜不想上班后继续啃老，她试图反抗，但是父母丝毫不让步。

"你要么租这儿，要不就别去东京工作了。"

父亲把话都说到了这个份上，夕菜只好妥协了。她打算先住进去，然后找个时机，再换个便宜点的房子。夕菜用这个想法说服了自己，但这种想法现在已经成为过去时了。

上班一年后，夕菜曾试图找个便宜点的房子。但如果在住所附近找，便宜的房子，房间又小，防盗设施又差。如果想住面积和现在的差不多,就要到离公司很远的地方了。现实就这么残酷,不管夕菜怎么选择,如果换房子,就意味着她接下来的生活将变得异常艰辛。

"老爸,对不起了。"面对现状,夕菜内心非常愧疚,她只好决定再依赖父母一段时间。

按照之前和母亲的约定,夕菜每天早晨都会按时早起。她这么做,并不是因为她觉得自己在租房子的事情上亏欠父母。而是因为,夕菜觉得答应了的事情,就要认真做。有时,她都觉得自己太过较真,心想这种性格大概是从父亲那里遗传过来的吧。

夕菜住在R公寓的顶层。不过,说是顶层,也就是五楼。7点45分,夕菜从510号房间出来,走到最近的车站,要15分钟。为了准时搭上8点05分的那趟车,夕菜通常会预留一点儿时间。发生怪事的那个周一早上,夕菜和往常一样,做好上班准备后,推开房门,准备按时出发。

哐……嘎啦嘎啦……

开门那一瞬间,听起来门像是撞上了什么东西。

夕菜一边疑惑,一边推开门来到走廊。她发现一个小玻璃瓶滚落在那里。而且,瓶子里还插着一朵花。当然,说是花,倒不如说,是路边常见的野草。

咦?

夕菜迅速脑补的情形是,住在公寓的某个人,不知从哪儿摘了朵花,插进玻璃瓶后,摆在她房门前。

但是，究竟是谁呀？

夕菜在R公寓，一个认识的人也没有。刚搬来的时候，和母亲一起拜访过门口的值勤管理员野田，以及自己两边的邻居和楼下410的住户。两边的邻居和楼下的住户，都是三十多岁的夫妇。她和两边邻居的交往，也就限于在门口或电梯里偶尔见个面，和管理员也就是早晚打声招呼，至于自己楼下那位住户，只在搬进来寒暄时打过照面，之后再没见过。

难道是小孩子搞的恶作剧？

夕菜能想到的只有小孩子了。大概是某个小孩子在路上捡了个瓶子，然后插上附近开着的野草，随便选了家门口放下来的吧。那么应该是五楼某个小孩搞的鬼。这个孩子出了电梯，回家途中，会经过夕菜住的510号房，这样想挺自然的。那么，应该是511到516，这六个人家中，某个小孩子搞的恶作剧吧。

但问题是，这六家有那么大的孩子吗？

夕菜知道，隔壁511没孩子。但512往后，她就不太清楚了。513好像有个小娃娃，514好像只有个3岁左右的男孩子。

如果把范围扩大到五楼另一侧，509到501这九家，或许也有能做这事的孩子。只是他们会特意跑到这边来，放个这样的东西吗？

啊！夕菜突然觉得，自己这么想不太对头。

因为她昨天下午晚些时分，去见了大学时代的朋友片桐阳葵。两人吃饭喝酒，夕菜回到住所时，已经过了晚上10

点。当时，门前什么都没有。所以，那个插着花的玻璃瓶，应该是自己进门后才放在那儿的。

不是小孩子干的……

夕菜不由汗毛倒立，再一看手表，更是吓得浑身一哆嗦。

要迟到了！

她锁上门，将倒下的玻璃瓶放在走廊角落，然后小跑起来。

楼里两部电梯，没人用时，通常会一部停在一层，一部停在五层。还好夕菜坐上了停在五楼的那部电梯，然后快步奔向K站。

这种时候，让夕菜知道自己比平时晚多久的，其实并不是时刻。虽然出门时间总是固定在7点45分，但7点多少分接近有红绿灯的十字路口，经过便利店旁是7点多少，夕菜并没有格外记过。她觉得看自己每早擦肩而过的那些人，比看时间更加可靠。

平常是在过十字路口人行道，或是等绿灯时才会擦肩而过的那个西装男，今天早晨已经走过路这边来了。

夕菜仅凭这点，就知道自己迟到了多久，因此她又加快了步伐。

当然，也有可能是，这位男士比平时起得早，或是睡了懒觉。所以，只用他一个人衡量钟点的话，或许有点不太靠谱。但每天早晨，几乎都会固定擦肩而过的，另外还有好几个人。到车站这段距离，数一下的话，有七八个人呢。假设和其中的一个两个，擦肩而过的时间对不上，那么接连遇到几个熟面孔的话，很容易就能算出，今天早上自己晚了多久。

夕菜知道自己今天出来晚了，但没想到自己会在门口琢磨那么久。

如果是个空瓶子，丢在自家门口，夕菜也会生气，但她不会耽搁时间的。她之所以琢磨那么久，是因为这是个插着一朵花的玻璃瓶，摆在了自家门前，即便这朵花很像野草。

这种方式，简直就是……

在某人离世的地方，悄悄摆放着的，供奉给死者的祈求冥福的献花方式！

真是讨厌！

夕菜感到非常不吉利。但素不相识的成年人，根本不会做这种事情吧。念头一转，夕菜觉得，还是哪个小孩子搞的恶作剧。

大概是在电视剧看到类似镜头，然后跟着学了吧。假设是今天早晨干的，那么哪个小孩去幼儿园，或是哪个小学生上学途中，搞了这个恶作剧，也是有可能的。之所以放在自己的房门口，纯属偶然吧，肯定没什么特别意思。

到达道口跟前时，夕菜得出了这样的结论。要是明天还继续的话，就找管理员商量好了。管理员野田是个愿意倾听他人要求和抱怨，且会妥善给予解决的人。

如果是平常的话，夕菜可以一步不停地穿过道口，但今天却不行。急行电车此时刚好通过。就在夕菜等待的30秒钟间，平常乘坐的普通电车也要发车了，这下真的是很赶啊！

要是这边也建个检票口或地下通道就好了。

平常没觉得有什么特别不方便，但现在这种状况，真得另当别论了。每年都有那么两三次，被忽略掉的不满心理，瞬间爆发了。

夕菜有些焦躁。等待急行电车通过时，她隔着驶过的电车，隐约看到一个黑人影，正好站在她的正对面，就是对面道口的右端。这个人想过这边来，好像也在等电车通过。他全身看起来全黑，大概是因为穿着长外套吧！头部看起来也是全黑的，大概是因为戴着黑线帽？

这个人挺怕冷的呢。

但这个时节，这样的穿着，未免也太夸张了吧。夕菜正想着呢，电车车尾总算从她眼前驶过去了。

咦？

夕菜顿时僵住了。

几秒前还能断断续续看到的那个黑影，居然不见了。夕菜赶紧从道口的一端确认到另一端，没有一个穿黑衣服的人。

道口警铃声一停，铁道路杆儿一打开，两侧等待的人立马一齐开始走。夕菜顺着人流，也迈开步子，却有点害怕走到对面去。

那个黑影,刚刚还站在那里。电车一过,他也同时消失了。难道自己现在真的还要往那一侧走吗?过了电车道口,两侧都有站台入口,夕菜每天早晨都走右边那一侧,但今天早上她想,尽可能避开那里。

她避开右侧,一路小跑到另一侧检票口去。此时,和她擦肩而过的高中生,一脸诧异,大概不明白夕菜究竟在回避什么吧。

坐上了以往的那班车次,按说应该安下心来,可夕菜却感到心慌意乱。

一大早的,尽是些怪事。

摆在门口的那束诡异插花,道口那个不可思议的黑影。看不出两者之间,有什么关联,正因为如此,才让人感到瘆得慌。

指不定到公司之前,还会有什么奇怪的事情。

"莫不是有什么灾祸要降临到我头上了?"夕菜不由紧张起来。

在K站坐20分钟电车,到达S站后,再坐10分钟地铁到达N站,从N站步行10分钟后,就能够到达公司。这期间加上换乘,夕菜去公司需要的时间,只不过45分钟。

放在平时,夕菜不会觉得怎么样,因为是已经习惯了的上班路线。但是这一天,夕菜觉得,好像是第一次去上班,充满了紧张感。

幸好平安无事地到达了公司。工作、午休时,都没有发生什么特别奇怪的事情,难道是自己多心了?

如果真这么想,夕菜就该安心了。但她下班时,再次紧张起来。到了K站,准备回R公寓时,这份紧张感,到达了顶峰。

虽然是和往常一样的道路,夕菜却总觉得瘆得慌。

她想着,要不就绕远吧,但最终还是忍住了。因为她觉得,如果那样做了,就好像承认自己牵扯上了什么来历不明的东西。这样一来,那个东西可能真的会过来呢。

最好就是别放在心上。

夕菜坚定了原来的做法,急着往回赶了。

回到R公寓,在五楼下了电梯。顺着走廊,迈步走向510房的那一瞬间,不安感突然再次袭来。

要是再出现新的小花瓶,可怎么办呢?

夕菜定睛一看,自己的房门前什么都没有。

太好了!

安心了一会儿,夕菜又开始琢磨:"今早那个花瓶,是谁给清理走了呢?"

是管理员吗?

不过,如果是野田,或许不会把它当成垃圾处理掉的。他会把它放在管理处的窗户边,贴上一张字条:"喜欢的话,就请带走。"

是搞恶作剧的孩子拿走了?

夕菜感觉,搞恶作剧的人,自己拿回去的可能性最大。

"我回来了!"

夕菜打开门,边进屋,边对着空房子喊道。出门时,明明没有说"我走啦",为什么进门时,却想寒暄一句"我回来了"呢?

是因为寂寞吗?

即便是觉得寂寞,夕菜也不认为,她到了那种想回老家,想要结婚的程度。要是能有个姐妹一起住就好了,可自己偏偏是独生女。

夕菜这时一下子由寂寞这个词,又联想到了门口那个插了一朵花的瓶子,不由心里发麻。

"啊……不想了!"

夕菜故意喊出声,她简单搞定晚饭后,看了会儿电视就去洗澡了,接着边喝红酒,边玩手机,比平常早些上了床。

还只是周一,就已经因为上下班搞得精疲力竭。明天开始,一定要恢复常态。所以,今天一定要好好睡上一觉。

第二天早晨,夕菜睁开眼,觉得睡得挺舒服。但下一秒钟,她又神情凝重起来,走到玄关,打开门,迅速地扫了一眼走廊。

什么都没有。

不仅是自己家门前,左右走廊两边,她都没有瞧见什么。7点45分,夕菜出门时,情况还是一样。

从R公寓到K站之间,夕菜切切实实地觉得,自己和那些熟悉的面孔,几乎都是在老地方擦肩而过的。

天天重复同一路线，天天遇见同样的人，虽说单调无味，但这才是真正的平静啊！

如果对着片桐阳葵，说出这样的话，肯定会被她嘲笑"像个老人家"吧。想到这里，夕菜苦笑起来，这时，已经能看到前面的道口了。

到了这儿，夕菜不由踌躇起来，要不要走道口右侧那边的入站口呢？今天早上，不需要等电车通过，按说可以直接过道口。只是这样一来，就要经过上次黑影站着的那个地方。

之前都是这么走的，要不……

夕菜这么想着，也打算直接往前走，但走到离道口几米远处，她还是不知不觉地移向了左侧。按距离算，从左侧进站，有点绕远，但夕菜的身体不由自主地往左侧那边走。

但就在要通过道口的那一瞬间，夕菜差点"啊"地大叫出来。

昨天的黑衣人，站在这边道口的右侧处。

这边的右侧道口，是夕菜往日要经过的地方。黑影突然进入视野，夕菜很想再看一眼，但她下意识地觉得不该看，于是故意移开视线，急急忙忙地往车站的入口处赶。

但不管是过检票口那一瞬间，还是上了电车稳当下来，夕菜还是对那个黑衣人耿耿于怀。

昨天他还站在对面的道口，今早却走到这边来了。

夕菜正想着，自己今天是按照老时间出的公寓，所以对方才会走过来一段，但突然意识到自己完全想错了。

昨天她出来得比平时晚。那时，黑衣人是站在对面道口，那么今天他应该离道口还有一段距离啊?！没道理已经走到这边的道口了呀！

当然，这得是那个人昨天和今天，都在同一时间出门，可是……

按说应该是同一时间点出门的，但这种事自己也不清楚。只是偶然连续两天看到了，明天说不定就遇不到了。

话又说回来，我看到的，是昨天那个人吗？

昨天早上，隔着行驶着的电车确实看到了一个人，但电车过后，没人在那儿啊。

细想想，今天早上也很奇怪。在离道口还有好几米的地方，夕菜从道路的右侧走到了左侧。而黑衣人出现在视野中，却是她就要过道口的那个节骨眼上。如果黑衣人是正常过道口的话，那么，夕菜还在道路右侧走的那段时间，远远地应该能够看到黑衣人。昨天也是今天这样。夕菜不认为，自己昨天是压根没看见某个一身黑的人。

昨天突然消失，今天突然出现。

就是这种感觉！夕菜细想了想这两次情形，觉得超级不可思议。虽然是她自己经历的事情，夕菜自己也觉得难以置信。

如果告诉喜欢怪谈的公司同事，他肯定会说："那个道口，有人自杀过，你看到的，是束缚在道口的地缚亡灵！"

夕菜自己并不讨厌恐怖故事，但她从未想要认真探究过。在她看来，恐怖故事只是用来吓人的一种娱乐，除此之外，没什么其他用途。

肯定是自己的错觉吧。

夕菜得出这个结论后，决定不再想这件事了。

说是那么说，第二天，也就是周三早上，夕菜和往常一样朝K站走去，能看见道口时，自觉不自觉地就警惕起来。再走十来米，就要到昨天早上，夕菜从右边走到左边的那个地方了。

今天早晨，是否也要过马路对面走呢？明明右边也有车站入口处，自己用得着特意往左边走吗？那个黑衣人，肯定是自己眼花看错了，所以没必要走到左边去吧？但周一早上那股瘆人劲儿，在夕菜心中还留着阴影，自己能够做到权当他不存在吗？

就这么几步路的距离，夕菜却不知道该何去何从。夕菜想：要不就这么直接往前走吧。等走到那儿，再听凭当下感觉行动吧。

夕菜前面几米，有个西服男，同样也是往车站那边走。夕菜见他突然急急忙忙把身体朝左边避开，原来是黑衣人在他对面。

啊！夕菜即刻止步，咚的一声，后背被人撞上了。她回头一看，是个女高中生，正单手拿着手机，满脸不高兴地瞪着她。

"对……对不起！"

对方也是边看手机边走路，所以两人都有错。但夕菜觉得，自己突然停下来，确实是不对，所以立马就道歉了。女高中生好像也知道了自己的过错，轻轻点头道歉后，就离开了。

和女高中生相互道歉后，夕菜急忙再次确认，黑衣人已经不在了。

又是错觉？

夕菜想把黑衣人当作是自己的错觉，但西装男想要避开谁的行为，还是让人无法释怀。而且，男人不光是让了路，之后还稍微回了下头。男人的这个动作，夕菜在回头看女高中生之前，刚好看到了。那个男人满脸狐疑，仿佛在说："刚刚我到底在避让什么呢？"男人的反应，让夕菜有种不祥的预感。

再次前行时，夕菜转到了马路左边。

那个黑衣人，周一站在道口的对面，周二刚刚走过道口这边，今天又往这边近了几米。也就是说，黑衣人是从车站那边，一点一点朝这边移动的。

他是想去什么地方吗？

话说回来，究竟是他，还是"它"呢？

夕菜已经无法认为，那是一个穿着黑外套，戴着黑帽子的人了。

但如果不是"人"，它到底是什么？

想到这儿，夕菜浑身打了个冷战。

只要不牵扯上就可以了吧。

假设，即便真的是束缚在道口的地缚亡灵，我们之间也没有任何关系，只要装作全然不知就好了。

这样一想，夕菜的心情又轻松起来了。

接下来，早晨上班途中，夕菜只要一看到道口，立马改走那条直路的左侧。而且，下意识地只看左侧，尽量注意不往右看。这样就不用担心，黑影会突然出现在视野右侧了。

事实上，从那天开始，她再也没有见过黑衣人。上班早晨时，只要改走马路左侧，就又可以回到从前那种单调平静的光景了。

周末过去后，就要进入下一周了。距离夕菜最后一次看到黑衣人，刚好一整周。

那天早上，她正沿着住宅区小路往车站那边走。这条小路，两边都是人家，只有一家小幼儿园和一家不合时宜的小吃店还比较显眼，其他建筑物都很平常。沿着这条路往前，然后左拐，就是通往道口的那条直路了，夕菜每天早晨都是这么走的。

这天早上，夕菜也是在住宅区小路右侧走着，突然感觉，迎面扑来一股令人恶寒的气息。夕菜本能地向左避开，与此同时，那个黑衣人紧贴她的右侧，走了过去。

夕菜右侧胳膊上的汗毛，嗖地全都立起来了，整个人都僵在那儿了。

擦肩而过的人

是那个黑衣人!

一周的时间,黑衣人已经前行到这里了,这太让人震惊了!夕菜当然也觉得恐怖,但她最先惊叹的,还是黑衣人一直在往前移动这个"事实"。想想上周一到周三,黑衣人的移动路径,完全可以推测出,他是一直在往这边移的。但是,目睹黑衣人的移动,夕菜还是受到了很大的冲击。

那就是,黑衣人会转弯。

夕菜最为吃惊的,就是黑衣人能转弯这件事。原来,夕菜还以为黑衣人是地缚灵,只是在道口前那条路走来走去。现在看来,黑衣人似乎真的是要去什么地方。

"和自己没什么关系,一点儿也不想和他发生瓜葛",夕菜本该这么想,但受好奇心驱使,她不由得琢磨起来。

这个黑衣人,到底是要去哪儿呢?

夕菜首先想到的,是进住宅区前,在路边上能看到的那个小寺庙。想到那个庙里还有墓地,夕菜更是那么以为了。

如果是那里,这次应该没事了吧。

寺庙在一条大马路左手边,夕菜经常会走这条大马路右侧的步行道。黑衣人大概是穿过住宅区,然后横穿马路回寺庙吧。所以今后不会再和夕菜擦肩而过了。

从那天开始,夕菜进入住宅区那条路后,总会靠左侧走,视线也总是看着左边。

只是,这么过了四五天,夕菜又想到了一种可能性,每天早晨上班时,又开始怕了起来。因为她总担心,从大马路往住宅区那边走时，会在转弯那个瞬间碰到黑衣人。运气不好的话，保不齐就会碰上了。

说不定就是今天早上。

忐忑不安中，又过去了一周。根据夕菜的"估算"，黑衣人应该已经过了大马路，开始往寺庙那边走了。

有救了。

接下来，唯有祈愿黑衣人进了寺庙后，就那么消失吧。

又是一周。周一早上，夕菜像往常一样，沿着大马路右侧的人行道，往车站方向走。这条大马路比较宽，所以人行道也够宽，走起来很方便。只是，右手边有个废弃了的大澡堂。上下班往返经过时，有时会让夕菜觉得心情压抑，所以总是把脸背过去。但最近，因为不想看路左侧的寺庙，所以不可避免地要望到大澡堂的废墟。

真希望能早点拆了，在这里建个超市什么的。

那天早上，夕菜也是一边信步往前走，一边随意想着一些美事，没承想竟和黑衣人擦肩而过了！

咦？！

夕菜慌忙回头看，并没有什么黑衣人。几米开外，只有上次那个边看手机边走路的女高中生。其他类似上下班的，还要在高中女生的后面。而且，所有人都是朝着这边来，没一个是往那边去的。

这是怎么回事？

那个黑衣人，不是已经进寺庙了吗？他不去寺庙，是想去哪儿啊？

　　这之后，一连多天，夕菜都是在恐惧中度过的。虽然有方法，可以确认这个恐惧的真假，但是夕菜故意什么也没有做。

　　如果是真的……

　　自己可能无法忍受吧？当然，实际不应该这么做。如果恐怖"事实"有隐匿起来的可能性，为了能够尽早解决，还是应该好好调查一番。但夕菜什么都没做，就这样迎来了周五的早晨。

　　夕菜刚走到红绿灯那里，信号灯就变成了红色。斑马线对面，那位眼熟的西服男，已经等在那里了，这是每天早上惯有的场景。

　　但是，那天早上不同。西服男旁边，在夕菜看来右边的那一侧，黑衣人站在那儿。

　　明天早晨，黑衣人肯定会走过斑马线这边，然后就是往新兴住宅那边走吧。那边再往前一点，就是夕菜住的R公寓了。

　　公司午休时，夕菜没有外出吃饭。她在附近便利店买了三明治和饮料，在电脑前摆好架势。上了网，用下面这些关键词，相互组合，反复搜索多次。

　　K站、道口、事故、自杀。

　　夕菜的假设是这样的。曾经有个人，在道口那里死掉了。为了供奉逝者，现在还有人在小瓶子里插上一朵花，放在那里。R公寓住户家的小孩子，把这个小花瓶拿了回来，放在了510的门前。放花瓶的人，或许没有什么特别的意图，却造成了严重的事态。

也就是说，夕菜设想，黑衣人就是道口的那名逝者，他正在想前往R公寓510，去找到那束供养的花。

如果最近没有遭遇到这些事，夕菜肯定会把它当成一个荒谬怪谈，置之不理吧。但这次，夕菜是非常认真的。

然而，不管夕菜怎么组合关键词，还是没有搜索到相应的报道。找到了一起在K站发生的事故报道，但事故现场是在站台，而且并没人死亡。

这是怎么回事？

设想被否定了，夕菜迷惑不解。仔细思考一下，那个设想本身就站不住脚，自然无法得到证实。只是夕菜的精神，已经疲惫到了极点，无法冷静判断是非了。

周六休息时，夕菜用自己家里的电脑，继续上网搜索关于K站的报道。这次，她不只是看新闻网页，关键词检索出来的相关报道，她毫无遗漏地浏览了一遍。

结果依旧是，K站没死过人。

即便如此，周六、周日购物时，夕菜还是去了K站反方向，那家稍远一点的超市，一步都没踏入上班时经过的那些道路。难得休息，她可不想遇上黑衣人。

但到了周一早晨，就由不得她了。夕菜倒是想绕个大圈去K站，但那样的话，要早个10分钟左右出门。

明天开始绕远吧!

虽然这么想,但周二那天,夕菜还是没能做到。能够做到的,也就是走新兴住宅区那段马路时,也是改走左侧,不再走右侧了。

幸好这样做之后,没再碰到黑衣人。早晨通勤能和此前一样了。

夕菜祈愿:"就这么平安无事地过吧。"道口的死者……她希望这类不吉利的事情,不会成为现实,自己的担心,只是杞人忧天。没有找到这类报道,按说夕菜应该安下心来,可她依然觉得恐惧。也是因为这个原因,她才会诚心诚意地祈求。

然而很遗憾,下一周的周一早上,夕菜一直恐惧的那个瞬间,就这么来临了。

夕菜像往常一样按时出门,乘电梯到了一楼。穿过大厅,打开玄关门,准备出去时,不由惊叫起来。

黑衣人刚刚和她擦肩而过。

黑衣人最终还是跟到R公寓了。一直令人害怕的事情,终究还是发生了。

怎么办?

为什么?

这两个问题,一整天都在夕菜的脑中盘旋,以至于她无法专心工作,错误连连。

回家后,夕菜接着想这两个问题。只是,哪个也没答案。

　　夕菜完全不知道第一步该做什么。是去神社或者寺庙驱邪消灾呢，还是请个通灵者呢？

　　但这两个好像都无法指望。夕菜觉得，就算是调查，都要有点头绪才行。

　　正常情况下，这里我用"正常"这个词，可能有点奇怪，请大家不要在意。我是说夕菜觉得"正常情况"下，驱邪消灾或是请通灵者，都是有了苗头后才进行的。比如说，新搬去的地方很诡异；或是说，参加挑战胆量恐怖会后，真的遭遇到了恐怖事情；又或是，在古董店买了把老镜子，之后怪象频频等。夕菜觉得不管是哪一种，都要有了征兆之后，才能够去这儿去那儿找人商量的。

　　而夕菜觉得，自己目前遇到的这些，征兆还不是特别明显。插着一朵花的小花瓶，黑人影逐渐接近R公寓，虽然也有这些类似征兆的情况，但夕菜没信心，自己是否能和别人说清楚。唯一能想到的那个假设，也被推翻了。和人一说，结果都是这样，那可怎么办呢？

　　苦恼郁闷中，夕菜又迎来了周二的早晨。从电梯下来，穿过一楼大厅时，格外恐怖，战战兢兢地担心会不会碰上黑衣人。她本能地绕开正门走了出去，没有看到黑衣人。

　　周三早上，电梯门在一楼打开的那一瞬间，黑衣人就站在夕菜眼前！

　　"啊，不要！"

夕菜不由得尖叫着后退，同乘电梯的几个人，都以为出了什么事，摆好了应对架势。但一明白出口处什么都没有，瞬间把夕菜当作怪人，然后完全无视夕菜的存在，从她身旁挤了出去。

　　还没等夕菜出去，电梯又开上去了。夕菜返回五楼后，决定走楼梯下去。

　　周四早上，坐电梯时，夕菜感受到了黑衣人的气息。虽然没有看到他的身影，但夕菜知道，他就在这狭小空间里。只是，同乘者都是熟悉的面孔，加上昨天引起的骚动，夕菜拼命装作浑然不知，但她的身体在不停地颤抖，根本无法止住。

　　周五早上，夕菜做好心理准备，站到了电梯口。电梯打开那一瞬间，夕菜当然很是害怕。大家可能想，如果害怕，那么走楼梯好了。但夕菜想要确认，想要探究的心情占了上风。

　　多亏做好了心理准备，当夕菜看到黑衣人在电梯里，强忍着吞下了惊叫声。只是，夕菜没坐电梯。不，应该说她不敢坐电梯了。昨天什么都没看到才坐的电梯，今天哪怕只看到一点儿，就已经崩溃了。

　　周六休息日，夕菜一步也没出房间。昨天下班回来时，顺道去了站前超市，买好了足够的食品，完全不用担心饥饱问题。

　　今天如果和黑衣人擦肩而过，那么一定是在电梯和510

之间,即五楼走廊的某个地方。黑衣人正在一步一步逼近她的房间!

周日,夕菜也没出门。夕菜明白,这么做不能解决问题,只会把自己逼得走投无路,但她也是无计可施了。

到了周一早上,夕菜更加不知如何是好了。

不能总把自己关在房间里吧?要去上班,而且食物也快见底了。但明明知道会遇到黑衣人,还特意出门,岂不是蠢到极点了?!如果只是擦肩而过还好,说不定情况更糟呢。

夕菜突然感到一阵恶寒,她蹑手蹑脚地走到了玄关处,悄悄地透过猫眼窥视了一眼走廊。

太黑了,什么都看不到。

今天早上,起床后就开始下雨,怪不得外面那么暗。虽说如此,也不至于走廊是一片漆黑啊。

夕菜眨了几次眼,目不转睛地往外看,还是什么也看不到。她甚至觉得,猫眼是不是坏了,怎么会黑成这样啊?!

百思不得其解时,夕菜突然明白了!

黑衣人就在门口站着,一动不动地等着她出门。

说不定他正站在走廊,透过猫眼观察着房间呢。夕菜看到的漆黑一片,会不会就是黑衣人的眼珠子呢?

夕菜慌忙离开玄关,跑回里面的房间。

绝对不行!

这样一来,夕菜无法出门了,只能和公司请假了。但明天怎么办呢?如果黑衣人一直守着门口的话,岂不是永远无法外出了吗?

叮咚!

就在这个时候,对讲门铃响了。

这个时间点,会是谁呢?

迟疑了一下,夕菜想,这位拜访者或许可以救自己,于是急忙拿起了听筒说:

"你好?"

然而对方并没有回应。

"你好?"

夕菜再次打了声招呼,依旧无人应答。听筒中传来的,只有远处房客在五楼走路时的脚步声。

夕菜觉得有点害怕,就放回了听筒。没过多久,对讲门铃再次响起。

叮咚!

夕菜战战兢兢地拿起听筒放在耳边,还是一点儿声音都没有。她竖起耳朵,突然感觉对方也在竖着耳朵听这边的声音,立马吓得把听筒放回去了。

叮咚!

挂上听筒的那一瞬间,门铃第三次响起。

夕菜把主机的电池拿了出来。与此同时,对讲门铃的第四次响了起来:

叮……

夕菜右手握着电池,愕然呆立在那里。她一边责备自己放任事态变成这样,一边赞叹自己没有轻易开门。

咚、咚!

就在这时,响起了敲门声。当然不是平日的拜访者,而是那个黑衣人在敲门!

走廊到玄关的那扇门是关着的,所以敲门声听起来闷闷的,也不算太烦人。但是……

咚、咚!

咚、咚!

咚、咚!

但隔空传来的响声,很是刺激神经。

停下来吧!

夕菜内心一边叫着,差点就冲到玄关把门给开了!夕菜陷入新的恐怖之中。

怎么办呀?

反复纠结多次,夕菜还是决定,用手机给片桐阳葵发个短信。这种事情,也只能找阳葵商量了。两个人平日就是常发短信,常煲电话粥的。但对黑衣人一事,夕菜还没和她说过。

阳葵和夕菜一样,也不讨厌怪谈,但对侃侃而谈,以此吓人者,往往是冷眼相对。夕菜知道这一点,所以很难和阳葵启齿了。

把所有的事情都写下来,短信会异常臃肿,也要花很多时间。所以，夕菜绞尽脑汁地概括要点，这期间……

咚、咚！

空旷的敲门声，还会时不时响起。夕菜很是介怀，无法专心编辑短信。总算写完发了出去，都快累瘫了。

阳葵很快就回复了。

"再说得详细一点。"

于是夕菜打开电脑，写了封更详细的邮件发送给阳葵。这次，阳葵过了一段时间，才回了信息。

"我刚到公司，还没看完，等我午休啊。"

看到这条信息，夕菜慌忙给公司打电话，说自己感冒了，需要请假。因为此前都未病休过，公司前辈听完后，还很担心，这让夕菜非常愧疚。她知道，自己请假的真实理由是——房间门口，站着一个来路不明者。

之后，夕菜一心一意地等待着午间到来。在这期间，敲门声从没断过。

虽然不是很想听音乐，但为了盖过敲门声，夕菜还是打开了音乐。这样熬一个上午，时间也太久啊。

总算到了中午时分，13点时，收到了阳葵的邮件：

"下班回家时，会顺便去你家一趟，大概19点30分到。"

看过邮件，夕菜几乎要哭了。可见不知不觉间，夕菜已经是异常紧张了。

简单解决了午餐后,夕菜试着将音乐关掉了。

咚、咚!

敲门声还在持续,这种执拗劲儿,更让人莫名瘆得慌。

一直到傍晚,夕菜都让自己躲进电视声中,无所事事地挨了半天。

过了18点,阳葵发短信说:"估计19点之前能到你那儿,等我啊。"

夕菜关掉电视,仔细听外面的动静。

咚、咚!

还在那儿!

夕菜将目前的情况告诉了阳葵。阳葵立即回复:

"我到公寓五楼时,给你发短信。到时候告诉我,你还能不能听到敲门声啊。"

18点半过后,夕菜开始心绪不宁了。她开始琢磨,虽然电视几乎没看,但什么时候关掉比较好呢?按说收到信息后,再关也来得及。但又觉得,应该在那之前就做好准备。不管怎么做,都觉得心神不安。只是电视关得太早,就不可避免地要听那瘆人的敲门声,这一点,夕菜竭力想要回避。

夕菜正坐立不安的时候,手机收到了信息。她立马确认了一下,是阳葵发过来的。

"我已经到五楼了,夕菜房门前,什么人都没有呀。"

夕菜急忙关了电视,凝神静听:

咚、咚！

"还是能听到敲门声。"

信息一发出,阳葵立马回复了:

"我现在过去。"

夕菜也回复道:

"小心点。"

阳葵的短信又来了:

"如果你听到的敲门声是三声、两声、三声的话,那是我敲的。"

夕菜秒回:

"好!"

在这期间,敲门声依然没有间断过。

咚、咚!

咚、咚!

咚、咚!

突然,敲门声变成了:

咚咚咚、咚咚、咚咚咚!

即便如此,夕菜依旧站在原地不敢动。再次传来同样的敲门声后,夕菜终于朝玄关走去,看了看猫眼。

这回清晰地看见阳葵站在走廊那儿,而且旁边没有任何黑衣人的影子。

她还是有些犹豫,战战兢兢地打开了房门。

"夕菜，你没事吧！"

阳葵满脸担心，温柔地、轻轻地抱了夕菜一下。

夕菜带阳葵进房间后，将这一个半月多的不快经历，从头到尾，一点不漏地讲了一遍。虽然内容和邮件差不多，但阳葵还是很体谅地默默听完了。

夕菜讲完后，阳葵开口问道：

"问题是……那个黑衣人，现在在哪儿呢？"

"没在走廊，是吧？"

"嗯，我一下电梯，马上就看了你房门口，什么都没看到啊。"

"但你敲门前一秒，那家伙还在敲门呢！"

"也就是说，因为我过来了，黑衣人就躲起来了，对吧？"

阳葵这么一说，夕菜稍微安心了一点。

"这件事，你和谁都没说过吧？"

"嗯。"

"你被人家抓住弱点了，他或许觉得你比较好欺负……"

"求你别说啦！"

"可是，你看呀，胆子大的朋友一出现，那个黑衣人就消失得无影无踪啦！"

阳葵说陪她住一晚上，夕菜怕朋友明天上班太麻烦了，便说没关系。

为了表达感谢,夕菜点了一份比萨,两人边吃比萨边喝酒。阳葵说了几次马上走,但她们还是聊得很晚。

第二天早晨,夕菜和往常一样,还是7点45分出门。出去前,虽然用猫眼确认过,但打开门的那一瞬间,还是有点心有余悸。

走廊里什么都没有,去K站的路上,也没有遇到黑衣人。

在电车里,夕菜给阳葵发了信息,分享自己喜悦的心情。但是,不管怎么等,阳葵都没回复。中午休息、晚上下班,都没收到阳葵的回复。

夕菜一出公司,马上给阳葵打电话。但只是转到电话留言,阳葵没接电话。到了K站后,夕菜再次打电话,情形依旧。回到公寓后,再打电话,还是一样。睡觉前她发了短信,到了第二天早晨,也没收到回信。

该不会……

夕菜有种超级不祥的预感,中午休息时,她给阳葵的公司打了个电话。公司的人却说,阳葵无故缺勤,夕菜听了,立刻吓得脸色煞白。

下班后,夕菜在O站下了车,去到阳葵居住的W二层公寓,但不管是按门铃,还是直接敲门,都没人回应。

那天晚上,夕菜往阳葵父母家打了个电话,没提黑衣人的事情，只是说联系不上阳葵，很是担心。

第二天傍晚，阳葵妈妈打电话过来，说她去东京W住宅看阳葵了，但是没人在家，往公司打电话，公司说阳葵已经无故缺勤三天了。阳葵妈妈很是吃惊，希望夕菜若是有什么线索就告诉她。

夕菜有些犹豫，但最终还是没说黑衣人的事。因为她觉得，即使是告诉阳葵妈妈，对于寻找阳葵，也帮不上什么忙。

阳葵失联三天后，周五早上，夕菜发现阳葵伫立在K站道口的对面。由于太过震惊，夕菜呆立在原地，这时，阳葵和她擦肩而过。夕菜急忙叫了一声"阳葵"，但阳葵一点儿反应都没有，只是一个劲儿地往前走。

没办法，夕菜只有跟着阳葵。在这过程中，夕菜发现，阳葵走的路线，和黑衣人的完全一样，她顿觉毛骨悚然。也就是说，阳葵正朝着R公寓510号房走去。

夕菜直接把友人领进自己的房间，然后联系了阳葵的母亲，也给公司打电话请假了，之后一直陪着阳葵。

阳葵跟着自己的母亲回了老家。不久后，不知道是真的还是假的，听说阳葵到精神病院住院了。

把朋友卷进荒唐事件中，这让夕菜异常情绪低落。即便如此，新的一周开始后，必须要去上班了，因为这周，周一和周五，她已经请过两天假了。

第二周的周一晚上,夕菜回家后,像往常一样,在玄关处喊了一句"我回来了",然而房间里却传来一声"你回来啦……"

这是从未听过的声音。

夕菜急忙跑到走廊,把门重新锁上,返回S站,在一家商务酒店住下了。

听说后来,夕菜搬到别的住宅区了,她再也没回公寓510号房,连搬家都是全部拜托母亲帮忙搞定的。

终章

我们在家庭餐馆,讨论了这本书的构成。我刚刚概括完编辑时任美南海那些令人毛骨悚然的体验,岩仓就困惑地问道:

"您会把刚才说的那些内容,加进去吗?您准备用哪种形式呈现给读者呢?"

我把当场想到的方案说了一下:

"不知道我可不可以认为自己挺幸运的……从接受时任的拜托,到最后完成作品,其间和时任相关的一些插曲从未断过。我想采用结构叙事的方式,把这些插曲用《序章》《幕间》《终章》做标题,分开编入六个作品的开篇、中间和结尾,你们觉得怎么样?"

"好方法!如果您按时间顺序写作新书稿,那么读者很容易进入。您是这样的安排吗?"

岩仓似乎很欣赏我设计的章节结构,但突然又一副担心的表情:

终章

"您说听过这些怪谈录音,会出现各种怪现象,我们把它们加进来,没问题吧?"

"坦率地讲,这个我也不清楚。"

"老师,您这么说……"

"你担心会因为出现各种魔障现象,导致这本书无法销售吗?"

当然,我这么说是开玩笑的,岩仓却当真了。

"把责任编辑的真实体验写到书里,读者会不会因为恐惧,而不去买这本书呢?不会发生这样的事情吧?"

"恰恰相反呢。"

时任在我之前,否定了他的这个想法。

"如果是喜欢怪谈的读者,他们会觉得这个添加是种额外奖励呢。"

"啊,这样啊?"

岩仓几乎没做过恐怖作品的责任编辑,现在他总算有点搞明白了。

时任又说道:

"我倒是担心这本书的读者,会不会因为接触了书中提到的那些怪异现象,而出现什么不好的事呢?"

"为什么?他们不是喜欢恐怖故事吗?遭遇一些怪事,这不正是他们的本愿吗?"

岩仓彻底漠视了时任经历的那些恐惧。

"喜欢读和自己亲身经历,两者完全不同嘛!"

"嗯……我不太懂你说的。"

看到两个人好像要互掐起来，我连忙插话进去：

"如果决定把时任的经历，加到新的书稿中，那么我会在序章或其他什么地方提醒一下读者，如果遇到和时任相类似的体验，就不要再继续读本书了。"

"啊，这是个非常好的补充。麻烦您一定要加上啊！"

看到时任低头答谢，在旁的岩仓不解地问道：

"但是老师，时任经历的那一连串怪异现象，与您在《怪异现象的真理》中提到的真理不太吻合吧。她经历过的那些事情，如果不是您说的那些真理，是不是纯粹属于心理作用呢？哦，不过即使那些事情是她的一种错觉，我还是很赞同，把刚才讲到的那些内容，写进书里。我觉得这样，这本书会更有趣些。不过，如果一切只是时任的多疑，读者应该也不会出现什么魔障上身的事情吧。"

时任经历过的那些怪异现象，能否算作"真理"呢？——我清楚地表明自己对此尚存疑惑。但我接着又告诉岩仓，接二连三围绕时任发生的那些无法解释的、让人陷入云里雾里的怪现象，其中很多也有可能就是一种事实的存在。

"这样的吗？"

时任的反应比岩仓还快，她不安地问道：

"事实上，我的那些体验不全是心理作怪啊？！我不能以为，只要自己不再听那些磁带和MD音频，就可以保证那些怪现象不再骚扰我了，是吗？"

终章

虽然有些迟，但我想起来，有些事情我一直还没跟时任说。因为脑子中已经想好了对策，也就没有特别焦虑。

"嗯，可以这么说。所以我正在考虑，要不要作为一种防御措施，在新稿子的终章，写一下我对系列怪异现象的解释。"

"咦？但老师……"

时任不解地问道：

"您先前不是说过吗？我的那些莫名体验和原来的音频素材之间，没有任何共同点吗？"

"当时，我确实是那么想的。"

"现，现在不同了吗？"

看到时任突然表情发亮，岩仓在旁骤然沉默，我深深地低头致歉，回应道：

"托你们的福，我写完《黑面之狐》这部长篇了。"

"恭喜恭喜！"

"期待着能拜读大作。"

面对着诚恳祝贺我的两位编辑，我继续解释道：

"这样，我也就有了时间，重新通读一下我的六篇拙作和时任的那些体验。于是，一些原先漏掉的，好像是共同点的东西，也就朦朦胧胧地浮现出来了。"

"真的啊？"

时任很是欣喜，我虽然不好意思给她泼冷水，但觉得还是要即刻给她打个预防针。

"我只是想说,虽然我搞不懂时任身边为何会发生了一连串的怪现象。但觉得,这些怪现象也不是说,一点头绪都没有。它们和那些音频素材间,好像存在着一些奇妙的相同点。"

"您能找到相同点,已经很了不起了!"

时任对我的回答,很是理解。岩仓反倒一脸惊讶:

"您不深究怪异现象的发生意义,不太好吧?读者会不会有所不满呢?"

"如果是推理小说,这样处理绝对不行。但我们是悬疑恐怖小说,这么做没什么问题。"

"是这么一回事呀。"

岩仓似乎还有些纠结,我又详细地解释了一下:

"时任注意到的,是《怪异现象的真理》中提及心理作用的这部分内容。但其实,怪异现象还存在着其他的一些'真理'。具体而言,就是当体验者注意到这个怪异现象的真相或名称时,那个怪异现象就会终止掉。"

"哦……"

岩仓坦率地感慨了一声。时任又补充道:

"这本书中的六个短篇和我的体验,其中可以感觉到的隐秘共同点,应该就属于这种'真理'吧!"

"原来如此。太有意思了!"

怪谈亲历者就在眼前,岩仓的这种反应有点失礼。但时任看起来对他的反应毫不介意,她满脸都是想要听我快点解释的表情,已经无暇恼火上司的态度了。

"啊,也不是什么深奥的道理。"

为了避免对方失望,我先做了预防。

"您太谦虚了!"

自己的经历和原来的音频素材,二者之间有何关联,时任好像完全没有搞懂。于是,我就接着说道:

"我想,时任大概有意无意也会注意到。只不过,因为这个共同点太过日常,反倒被忽略了。"

"是什么啊?"

"在《怪谈录音带》这部分内容中,最初和最后都直截了当地写了一些疑问吧?"

时任急忙翻起了桌子上的那些文稿。

"是这里吗?最初的'发现三份样本,它们的共同点令人深思',和最后写到的'写成稿件的三份样本非常蹊跷,里面全是些不可思议的内容。如果是单纯记录自杀实况的磁带,应该不会收录',是这几处吗?"

我点点头,她喃喃自语道:

"是说,这三名自杀者,具有什么共同点?"

"吉柳吉彦贯穿其中。"

"咦?"

她将目光停留在样稿上,过了一会儿,说道:

"啊,真是这样。但老师为何没在作品中指出这个共同点呢?"

"这种程度的共同点,不特意指出,读者也能明白吧。特意写出来,是不是太缺少情趣了呢?"

"那个,我还是没能搞明白。"

岩仓在旁满脸歉意,低声插了一句。我看了眼时任,她用目光拜托我来说明。

"三名自杀者与吉柳相通的,是水。"

岩仓茫然地看着我们。

"A听着小溪的潺潺水声,B投身大海,C被浓雾包围,他们分别以这样的状态迎接着死亡。然后,吉柳进入的,原本应该是个夕晒较为强烈的废墟,但不知道为何,那里录到了雨声。我之所以不再播放他寄给我的磁带,也是因为我注意到了这个细节。"

"这是凑巧吧。"

岩仓克制地表明了他的怀疑。我非常理解岩仓为何怀疑,所以,我没有反驳他,只是轻描淡写地解释了一番。

"第二部作品《帮人看家的那一夜》中谜团重重的碎尸事件,是发生在台风肆虐的夜晚。第三部作品《聚在一起的四个人》中的奇怪足迹,是在雨后泥泞中出现的。第四部作品《不要在逝者旁睡着》里,病房老人打点滴的速度,快得令人惊诧。第五部作品《黄雨女》中出现了台风,与谁聊起这个话题时,一定是下雨的时候。第六部作品《擦肩而过的人》中,高潮之处还是下着雨。"

"'水'这个共同点,我能理解,因为下雨很平常啊。"

　　岩仓的反应岂止是半信半疑，他的怀疑度达到了90%。他追问道：

　　"六篇作品中，《怪谈录音带》《不要在逝者旁睡着》《擦肩而过的人》，这三篇并不是时任整理的录音，而是老师您独自取材完成的作品。六篇中有三篇，也就是说，50%的怪现象，和时任整理的磁带、MD光盘是没关系的。"

　　"所以，把这些怪现象解释为偶然，当然也可以成立，并没什么奇怪的地方。但我总觉得是第一篇作品《怪谈录音带》，这个名字本身就是个诱因，其他五篇作品，都是由它唤醒并招来的。"

　　"属于超自然现象吗？"

　　"时任的体验和作品中的情景有一致的地方。红茶、自动贩卖机、淋浴、洗手间，这些场面都和水相关。她在公司洗手间想起的那个恐怖体验，也是浴室中的内容。"

　　"但是，老师……"

　　我完全能够猜出岩仓想说什么，于是我点了点头，抬起一只手阻止了他：

　　"水在人类生活中，是不可或缺的。所以，六篇作品和时任的体验，都与水有关系，这并不奇怪。但怎么说呢，我认为怪现象和水，它们如此执拗地重叠，只能说明它们之间存在着某种超出单纯关联的神秘力量。"

　　"老师，您讲的我也明白，但……"

我正想着，让岩仓理解这个道理可能有点勉为其难。这个节骨眼上，时任却奇怪地冒出一句：

"那个……"

我把视线转向她那里，她却盯着我的左侧。

"那个，是什么时候开始放在那儿的？"

我很纳闷，看了一眼旁边，那里居然放着一个装着水的玻璃杯。当然，没人坐在那儿。

我们几个慌忙确认，我、时任、岩仓，三个人的杯子都好好地放在自己的跟前。

"是不是最初端上来的时候，搞错人数放在那儿的？"

我这么一说，时任摇头表示否定。

"那样的话，我一定会注意到的。"

"是不是中途，店员特意端来的呢？"

岩仓的这句话，使得现场的空气即刻凝固住了。

什么东西都会比起实际人数，多配一个……和怪谈相关的书籍、电影、戏剧舞台中，时常会出现这种诡异的桥段。

例如，三个人去咖啡馆，却被问道"你们是四个人吧"。五个人进了居酒屋，却上了六份小菜。类似这样的桥段还有很多。所以，如果有人说，"我有过相似的体验"，我不会特别惊讶。但即便这样，自己亲身经历的话，又另当别论。而且，那杯水什么时候开始放在那儿，我们三个人居然都没留意到。

究竟是谁？

终章

出于什么目的？

目视着旁边无人落座的空位置，以及空位前放着的那杯水，我不由得感到透心凉气阵阵袭来。

"那么老师，就拜托您按照新的章节结构来写啦。我们今天就先谈到这儿吧。您辛苦了。"

岩仓突然一边这么说，一边慌里慌张地收拾东西，准备离开。

"啊，老师，谢谢您了！"

"我也要谢谢你们，谢谢你俩。"

时任和我也匆忙地仿效岩仓，我们三个人几乎同时起身离座。从那里走到最近的车站，直到最后道别寒暄，都没再说过话。

《序章》《幕间（一）》《幕间（二）》《终章》加上六个短篇小说，这就是本书章节构成的编辑始末。

——按说写到这里，本书就可以结束了。事实上，初校稿和二校稿也是在这里收尾的。

但是，时任送回二校稿时，还同时寄来了一盘磁带。她在信中说，"上次还磁带和MD光盘时，忘记归还这盘磁带了"。

这也太怪了吧！

我把这盘相当脏旧的磁带拿在手里，不由得心生疑问。那些磁带中，有过这么脏的磁带吗？给时任寄磁带的时候，时任归还的时候，我记得我都数过，数目应该没错啊。

一种不祥的预感袭来，我给时任打了个电话。

"实在对不起！但我绝对不是故意的呢。我以为磁带都还给您了，我也不知道为什么，却剩下了那盘磁带。"

时任向我道歉，听她的语气，感觉她自己也很纳闷。

按照时任的解释，她是把磁带和MD光盘都放在桌子的同一个抽屉里。所以，她也想不通，为什么会落下一盘。

但是，和时任通电话的时候，我发现磁带的出处已经不重要了。因为，我注意到了更为关键的问题。

"难道……你是为了听那盘磁带？"

我直截了当地问她，她略带焦虑地说：

"老师，我真的没有把它留下来继续听的意思。我也不知道，我怎么就没看到这盘磁带呢。后来它自己跑出来，我还吓了一大跳。"

"那你听了吗？"

"没。违背承诺的事儿，我是不会做的。"

我感到她在回答之前，有过瞬间的犹豫。难道是我的感觉错了？顺便说一句，磁带已经走了一段，这说明至少播放过几分钟。

我正在考虑要不要再深入问问，却被时任反问道：

"那盘磁带，您打算处理掉吗？"

我一时语塞，不知如何回答是好。

"老师，我可能有些多管闲事，但我觉得，您最好还是

终章

把它给毁了吧。"

我很想询问她这样建议的理由,但是不知何故,突然间心生恐怖。时任很有可能听过这盘来历不明的磁带,她是不是在倒逼着我问她,为什么要建议我把磁带扔掉?想到这里,我不由得毛骨悚然,有些不知所措。

时任好像还想再说些什么,但我打断了她,并把电话给挂了。然后盯着这盘有问题的磁带,烦恼了许久。

就这么扔了吗?还是说把它和其他磁带、MD光盘一起放到资料室的存物架里?还是说听听看?

如果时任已经听过,那我也只好听了吧……我先是这么想着来的。但又一想,时任不承认她听过,而且假设即便是她听过,这也不能成为我也要听的理由啊。我是不是想拿时任当借口,给自己找个理由去听这盘磁带呢?是不是我酷爱怪谈的热血又开始沸腾了呢?

我从资料室的里间,把旧收录机和耳机搬了出来,放进磁带,播放起来。

"我应该很开心吧。因为你和我流着同样的热血。这就是猎奇者的热血。"

这个声音传到我耳朵里时,我感到脸上顿时血色全无,异常后悔起来。因为,里面传出来的是吉柳吉彦那个家伙的声音。

在第一章《怪谈录音带》结尾处,我曾经写过,我把一盘磁带撒上粗盐,放入信封,并用报纸包好装入塑料袋,又再塞入另外一个信封,用纸胶带粘好后,把它扔进了公司的垃圾箱。而现在我听的,就是那盘被丢进垃圾箱的磁带。

问题是,这盘磁带怎么会跑到时任那里去了?

想到自己再怎么用功,大概也无法揭开这个谜团。我的意识,就几乎全都转到吉柳声音那里去了。现在我也想即刻按下停止键,取出磁带,然后用铁锤把它彻底砸烂,但我无法做到。事已至此,我已经完全无法阻挡自己了!我现在只想一心一意、洗耳恭听吉柳的声音了。

但是,吉柳那瘆人的声调,也就持续了一会儿。之后,他的声音就变得含糊起来。最初,我以为可能是磁带老化了,但感觉好像又不是这样。磁带的声音听起来别别扭扭的,有种磁带被拉长了的感觉。但较之这种感觉,另外一种情形更加符合这种音效。我注意到,正确答案就挂在我的眼皮底下。

如果打比方说……就像……在水中说话一样……

不会游泳的孩提时代,我曾潜入过小学的游泳池,耳边听过噼里吧嗒的这类水声。这个声音记忆突然间就被唤醒了!

吉柳是在水中录的音。

在道理上,我并不认为水中录音是个可操作的行为,但我奇妙地接受了。

突然,只有左侧耳机能听到声音。

"莫啊机劳比机乌机那嘛吧机嘛,字么呐机奴呢呢噶

终章

乌……"

　　这些声音传到耳朵里，我完全听不出来个所以然，却感到好像不断有水灌进我的脑子里，甚至渐渐感到呼吸困难。但即便这样，我还是无法阻止自己想要听下去的念头，迫切想要抓住他说出来的一字一句。吉柳说的内容，根本听不出来是日语，我完全无法理解他在说些什么，但即便这样，我依然是拼了命地竖起耳朵去听。

　　但突然间，一个困惑浮现在我的脑中，我即刻按下了停止键。聆听吉柳这些瘆人的水中呓语时，一个匪夷所思的困惑盘踞着我的内心。

　　我真的是出于自己的意愿去写这本书的吗？

　　搞不好，我是被吉柳吉彦逼着去听这些怪谈录音的。

　　当然稍加思考，就会明白我这个念头中，有许多不合情理的地方。所以，这个念头，一定只是我的妄想。

　　我不愿再想这些奇怪的事情了，看过二校稿后就把它寄还给了时任。这样，我这个作者也总算可以告一段落，甩手不管了。只要书稿的内容，没发现新的问题，剩下的就是商量如何装帧这类事了。

　　但到了这个阶段，时任却不再联系我了。她甚至没有回我的邮件，没有告诉我是否已经收到了我寄过去的二校稿。她一向处事稳妥，我实在无法猜测出，她为何拖了这么久也不联络我，我开始有点儿不安。

　　正想着是不是该给时任打个电话呢，却接到了岩仓打过来的电话。他告诉我说,时任病了,接下来,由他来跟进书稿的出版事宜。

岩仓这么一说,我一下子就明白了。岩仓没说太多,只能说我的第六感太过敏锐了。

"时任是不是有什么事?"

"不,没有啊……"

这个回答已经说明了一切。我问"时任是不是有什么事",如果时任只是病了,那么岩仓应该和我说明病情,不会只说"没有"。

岩仓坚持说是健康上的原因,我却执拗地刨根问底。不久,他也感到索然,终于败下阵来,说出了真相。时任不联系我的真实原因,却是我无法想象到的。

"事实上,老师归还二次校样时,时任突然说了些奇怪的话。"

"她说什么了?"

"她说,这本书还是不要出了吧……"

"啊?"

"问她原因,她也只是反复说,无论如何也不该出版这本书。"

"也就是说……"

"不,书当然会出版的。我们一定按原计划发行。"

岩仓慌忙地解释,我却在想:

也许时任说得有道理。

但我没有把这个想法告诉岩仓。原因在于,我是名悬疑推理小说家。我的工作,就是把这样的故事带给读者。所以,我让岩仓同意在二校稿的终章后,增加了"——按说写到这里,本书就可以结束了"之后的这部分内容,岩仓勉强接受了。

之后,我唯有默默祝愿本书出版顺利,各位读者不要遭遇到与水有关的怪异现象。

作品首次刊登一览表

序章	首次发表
怪谈录音带	《小说昴》2013 年 3 月号
帮人看家的那一夜	《小说昴》2014 年 1 月号
幕间（一）	首次发表
聚在一起的四个人	《小说昴》2014 年 9 月号
不要在逝者旁睡着	《小说昴》2015 年 1 月号
幕间（二）	首次发表
黄雨女	《小说昴》2015 年 5 月号
擦肩而过的人	《小说昴》2016 年 1 月号
终章	首次发表

以上各篇，汇编成单行本时，进行了适当的增补删改。